JN057595

間違い召喚！

Machigai shokan!

追い出されたけど上位互換スキルでらくらく生活

2

カムイイムカ
Kamui Imuka

illustration.
にじまあるく

Main Characters
登場人物紹介
ファラ
レンが召喚された街のギルド受付係。
容姿端麗、実力も兼ね備えた元冒険者で、
普段は意外と男勝りな口調になる。
レン
本名・小日向連。冴えない青年だったが、
鍛冶・採取・採掘のスキルを得て
仲間達と気ままな人助け旅を始める。
クリアクリス
捨てられていたところを助けられ、
レン達の仲間になった、魔族の幼女。
身体能力が高く、直感も鋭い。

ワルキューレ
世界樹そのものだという少女。
戦乙女のような姿は、
レンのイメージによるもの。
ルーファス
ちょっと強面の元冒険者。
ある理由から投獄されていたところで
レンに出会う。斥候役が得意。
ニーナ
ダークエルフの村で姫と呼ばれる少女。
ファラにも増して男っぽい喋り方だが、
中身は恥ずかしがり屋さん。

第一話　見知らぬ村へ

僕――小日向連（こひなたれん）は、人違いで召喚された最初の街テリアエリン、そして二つ目の街エリンレイズを経て、また気の向くままに街道を進んでいた。

乗っている馬車には、ここまでの旅で仲間になった面々がいる。

まずは一番古い付き合いの、元受付係の冒険者ファラさん。強いし綺麗だしで、なんというか頼れるイケメン女性って感じだ。

馬車の御者台（ぎょしゃだい）では、明るいけどお調子者の弓使いウィンディが、暇だと文句を言いながら御者をしている。

そして、鍛冶仲間になりつつあるハーフドワーフの少女エレナさんと、以前僕が王城で捕まった時に一緒に逃げてきた、斥候職のルーファスさん。

あとは元衛兵の槍使いエイハブさんもいるんだけど、今はテリアエリンの街に戻っている。

みんな最初の街からの仲間だけど、今はもう一人小さな仲間が加わっていた。

頭に小さな角が生えた、幼い魔族の女の子クリアクリス。

初めは酷い怪我をしていたけど、今では本当に元気なお利口さんだ。長い馬車の旅で飽きていてもよさそうなのに文句一つ言わず、今も女性陣に遊んでもらって楽しそうにしている。

そんな、元いた世界では考えられない賑（にぎ）やかなメンバーと一緒に、僕は気ままに異世界を旅しています。


「レンレン〜、前方に何かあるよ」

まだ次の街へは半分しか進んでいないけれど、ウィンディが声をかけてきた。

御者席の後ろから顔を出すと、道沿いに馬車が停められているのが見えた。

近づいてみると、少し様子がおかしいことに気付く。馬車だけで馬がいないし、積み荷も無くなっていて人もいない。

この世界では個人で馬車を持つのは商人や貴族が多いので、この馬車もそのどちらかのものだろう。護衛も何人かいたはずだ。

「これは……地面が所々いじられている？」

クリアクリスやエレナさんを馬車に残し、辺りを調べていると、ファラさんが言った。

見ると戦闘があったのか、血のついた土や、何かを埋めたような跡がある。

「ファラさん、これってもしかして……」

「ああ、レンの思っていることは当たっているだろうね」

つまり、馬車は襲われて、ここで何があったのかを襲撃者が隠そうとしたのだ。

この時点で、魔物ではなく人の仕業(しわざ)だとわかる。

「ここら辺は魔物もいるし、盗賊が出るとは聞かねえけどな……」

「ああ。エリンレイズのギルドでも、そんな依頼はなかった」

ルーファスさんの疑問に、ファラさんが悩みながら答えた。盗賊じゃないとすると誰だろう？

「動くな！」

その時、背後から鋭い声がかかった。

馬車の陰から、帽子の付いた外套(がいとう)を目深(まぶか)に被った女が弓を引きながら現れる。

「何の真似だ？」

武器を向けられてルーファスさんも短剣に手を掛け、女を睨(にら)んだ。

「動くなと言っている。ここは既に私達のテリトリーだ」

「………」

女の言葉を聞いて僕達に緊張が走る。私達と言うからには、この女には仲間がいるということだ。

「待て、私達は危害を加えない」

ファラさんが冷静に説得しようとする。僕らもそれに頷いたけど、女は弓を下ろそうとしない。

「人はそう言って我々を騙(だま)すんだ。武器を置け、話はそれからだ」

「じゃあそっちも置いてくれ」

「フッ、私の武器は手から離れないんだよ」

外套を被った女はそう言って笑った。

ルーファスさんがそれに苛立って、足を一歩前に出す。すると、女の後方の草むらから矢が飛んできて、ルーファスさんの足元に突き刺さった。

「チッ……勝手なこと言いやがって」

「あまり皆を煽らないでもらおう」

ルーファスさんが剣を収めると、外套を被った女は僕らを見回した。

「お前達のリーダーは誰だ？」

……あれ、言われてみれば、この中でリーダーって誰なんだろう？　ずっと行き当たりばったりって感じだったから、決めてないよね。

「「「「…………」」」」

「え？　僕？」

みんなが僕を見つめて頷いている。

いつの間にかリーダーは僕になっていたようです。

確かに僕が全員の共通点ではあるかもしれないけど、ファラさんの方がレベルも高いし経験もあるんだから、適任だと思うんだけどな。

「お前が？　そっちの女ではないのか？」

女もファラさんを指差して言う。そうですよね、僕もそう思います。だけどみんなにとっては僕がリーダーらしいので、仕方なく前に出た。

「そうか、ではこっちに来い。話がある」

みんなには大丈夫だと伝え、僕は女に連れられて森の中に入っていった。

少しすると木陰から弓を構えた男達が現れる。よく見ると、女もこの男達も、肌の色が僕らと違う褐色だった。

「ああ、今回の奴らは襲ってこなかったからな。対話の余地はあるだろう」

「姫様、いいのですか？」

「しかし……」

歩きながら会話する彼らをよそに、僕は感動していた。

特徴的な長い耳、そして男女ともに美形揃い……。彼らは僕が異世界に来て、未だ会ったことのなかったエルフさん達だ。それもダークエルフとかいう黒いエルフさん達ですよ。

でも、何だか男達は僕と話すのを嫌がっているようだ。

「爺(じい)は反対するだろうが、これからこの森に里を作ろうというのに人間達と争い続けてはダメだ」

「姫の仰りたいことはわかるのですが……」

「そうです、人間は皆、我々を金になるものとしか見ていませんよ」

ダークエルフさん達は歩きながら言い合いになっている。どうやら、この森に定住しようとしているみたい。でも、恐らくあの馬車を襲ったのも彼らだ。どうやら色々と理由がありそう。

しばらく歩いていくと、村が見えてきた。

大きな葉っぱでできた住居が並んでいて、外周を木でできた簡素な柵が囲っている。果物や洗濯物を籠に入れて運んでいる人達がいる。

う〜んやっぱりエルフはいいな。褐色の肌が綺麗です。

僕が微笑みながら周りを見ていると、男達がすっごい睨んできた。やっぱり、見た目のせいでエルフを捕らえる人間が多いからか、あんまり見てほしくないみたいだ。大人しくしておこう。

「爺、今帰った」

村の中でもひと際大きい家の前に着くと、姫と言われていた女が声を上げる。

家の中から「入れ」と返事があり、女は一度お辞儀して僕に先に入るように促してきた。

「よくぞ参った、人の子よ」

中に入ると、焚き火の前に座った老エルフが僕を迎えてくれた。パイプでタバコを吸っている。

天井は、煙を逃がすために天窓のようなものがついているみたい。何だかオシャレです。

「前回の者達とは違って、やかましくはないようだの」

「ああ、忠告をちゃんと守った者だ。少なくとも武器を抜きはしなかった」

女はそう言って外套を脱ぎ、焚き火の前に座った。焚き火を囲んで座る形式のようで、僕は老エルフの正面に座るように言われた。

「儂はここのダークエルフを取り仕切っておる、村長のボクスじゃ」

「私はニーナだ」

「これ！　もう少し丁寧な喋り方をせんか……まったく、一応は姫として育てたつもりだったんじゃがの」

　ボクスさんは頭を押さえて呆れている。ニーナさんはムスッとして譲らない姿勢だ。

「……まあ今はそれよりも、じゃ。お主が気になっておるのは、表にあった馬車のことじゃろう？　儂らは人によってこの地まで追いやられての。この村はできたばかりなのじゃ」

「あの馬車の人達は？」

「……手癖が悪くての」

「私が女だとわかるとすぐだったよ」

　どうやら、馬車の人達はエルフさん達を捕らえて売ろうとしていたみたい。ニーナさんを襲って返り討ちに遭ったようだ。自業自得というか、そりゃ襲った方が悪いよ。

「それで僕らは、その人達の捜索隊とかだと思われたってことですか」

「そういうものもあると聞いた」

　僕達はとばっちりを食ったという訳か。

「その人達は商人ですか？」

「乗合馬車のようだったが、武装した者ばかりだったな」

「そうですか……」

もし無抵抗の人がいたらと心配になったんだけど、話を聞く限りでは大丈夫そう。

彼女達のことは、信じていいいんじゃないだろうか？　現に、僕が仲間から離されて一人になっても、一切攻撃してくる様子がない。

「とりあえず、あの馬車は放置しないで、村まで持ってきておいた方がいいですよ」

「ん？　馬車など我々は使わんが？」

「無人の馬車が道沿いにほったらかしなんて、怪し過ぎます。何かがあったとしか思えませんよ。できれば解体してしまった方がいいと思います」

ニーナさんは僕の忠告に首を傾げていたけど、理由を言ったら納得してくれた。すぐに、外で待機していた男のエルフさん達に指示を飛ばす。

「馬は我々も使うからもらってきたが、馬車は使わんからのう」

「盲点だったな」

ボクスさんとニーナさんは目から鱗といった様子で感心している。しかし、彼女達が人間を傷つけたことに変わりはない。この後どうなるかは冒険者ギルドの動き次第だ。

正当防衛でも、この世界じゃ証明できるものはないし、ファラさんにお願いして、ギルドに話をつけてもらうかな。

「僕の連れにギルドの関係者がいますから、その人から今回の経緯を話してもらえば何とかなるんじゃないかなと」

「……そこまでして儂らに何を望むのじゃ？　村の女を出せというなら断るぞ」

ボクスさんはそう言って、開いていないような目をめいっぱい開いて睨んできた。今まで会った人間はよっぽど悪い人達だったんだろうね。

「見返りはいいです。困っているんだったら助け合わないとダメですよ」

「……人間にはお前のような者もいるんだな」

「お主、名は？」

僕は二人に「コヒナタ　レンです」と名乗りました。

◇

「レン、大丈夫だった？」

村から解放されて自分の馬車に戻ってくると、ファラさんが心配そうに駆け寄ってきた。体を隅々まで確認されたけど、恥ずかしいからやめてほしい。お母さんじゃないんだから。

「それで、あの連中は何て？」

ルーファスさんが聞いてくる。僕はエルフ達との話を事細かに説明した。

「――じゃあ、私が街に戻って話をつければよさそう？」

「でも、ここからじゃ次の街のバライクラスに行った方が、近いんじゃないかな？」

ファラさんにエリンレイズの街に戻ってもらい、事を穏便に済ませたいというのが僕の考えなんだけど、エレナさんが地図を見ながらそう言った。

確かに、放置してあった馬車の向きからしても、その近い方の街から来たっぽいんだよな。

「そうだね。じゃあバライクラスの方に……」

「いや、その必要はないようだぞ」

相談していると、ルーファスさんが街道を指差した。遠くに馬車が数台、こっちへ向かってくるのが見える。

「捜索隊かな？　レンレン」

「そうみたいだね」

馬車の外を歩いている人もいて、その人達はみんなフルプレートに身を包んでいる。外からの攻撃を警戒しているようで、明らかに戦闘を想定している装備だ。

「ファラさん、一緒に来てもらえますか？」

「ああ」

「レンレン、私も」

「いや、ウィンディは大地の矢を構えて待機してて。交渉が決裂してもし戦闘になったら、僕の合図で射かけてほしい」

「了解……なんかレンレン、カッコいいね」

ウィンディが輝いた目で見てきた。何だか気恥ずかしいな。

僕もこの世界に慣れてきたから、人間がみんないい人とは思っていない。警戒は必要だよね。

僕とファラさんは武器を下ろした状態で、捜索隊に向かって歩いていく。その先頭にいたフルプレートの人が手を挙げて合図をすると、隊は足を止めた。

僕らはそのまま近づいていき、話ができるほどの距離で止まる。

「私はこの旅団のリーダーを務めるグンターという。記録にはこの街道で行方不明の馬車があって、捜索するよう依頼された。知らないか？」

やっぱり捜索隊みたいだね。あの様子では馬車の生き残りがいたとは思えないけど、どうやって馬車の異変に気付いたんだろう？

「馬車には盗難防止の魔法がかけられていたんだが、この辺りで反応がなくなったと記されているんだ」

なるほど、それは僕の馬車にもついている機能だ。盗まれたことがないから知らなかったけど、盗難に遭うと近くのギルドにその情報が伝わるようになっているみたい。

さてさて困りました。この場所で行方不明になっていることはわかってしまっている。ということは、これからこの一帯をくまなく捜すってことだよね。ダークエルフ達と遭遇してしまう。

どちらが勝っても困る。今回は悪人じゃない人も死んでしまいかねないからね。

グンターさんがどんな人かわからないけど、ここは話してみようかな。

「ファラさん、正直に話そう。わかってくれるかも」

「そうだね。グンターと言えば［鋼の鉄槌］と呼ばれるパーティーのリーダーだ。ギルドの信用が高く、人柄もいいと評判だよ」

話してわかってくれる人なら正直に話した方がいいと思って提案すると、ファラさんは太鼓判を押した。

「グンターさん、ちょっと」

「ん？　何か知っているのか？」

グンターさんにチョイチョイと手招きする。グンターさんは怪しむ素振りも見せずに近づいてきた。警戒心がなくてびっくりするけど、いい人なのが窺えるな。

「実はその馬車は、ダークエルフの人達を奴隷にしようとして返り討ちにされたんです」

「何！　ダークエルフだと。不当な拘束は国際的に禁じられているのだがな……そいつらが知らん訳がない。馬鹿なことをするものだ」

グンターさんはフルプレートを着込んでいるから表情はわからないけど、拳を握って怒っているのがわかって僕はホッとした。

「それで、捜索隊だと思われた僕らも、危うく攻撃されるところでした。ただ話をすることができて、ダークエルフの人達はここに村を作りたいだけだから、放っておいてほしいと」

「そうか、わかった。私からギルドに言っておこう」

グンターさんは僕らと同じ価値観の人のようで助かった。しかし、証拠であるダークエルフの人達に会わなくていいのかな？　僕らを信用し過ぎだよね。

「そちらはテリアエリンのファラ嬢だろう？　彼女がいるのなら信用に足るさ。エルフを襲った不届き者は、報いを受けて当然だ」

どうやら、ファラさんが有名なおかげで手間が省けたみたい。ファラさん自身は澄ましています。以前、パーティーでも有名人らしき反応はされていたけど、レベル50は伊達じゃないってことだね。

「しかし、いずれにせよ村があることはギルドに言わなくてはならない。そうするとエルフを狙って、また心無い者達が来るかもしれんぞ。大丈夫だろうか？」

グンターさんは腕組みして唸っている。本当にいい人みたいで何だかほっとするな。

確かにあの村は、せいぜい柵で囲われている程度の防御しかない。武装した人間との戦闘には耐えられないかもしれない。

これは僕のチートの出番かな？

ダークエルフの住むこの森から、一番近い街であるバライクラスまでは馬車で三日ほどだ。

グンターさん達は結局報告に行くことになったけど、それから村の存在を聞きつけた悪者が来るとしても、しばらくは時間に余裕がある。

それまでに、村を攻めたいと思えなくなるほど強固な守りにしておけば、何も問題ないはずだ。

「レンレン何するつもりなの？」

グンターさん達が去った後、僕が再び村に向かおうとするのを見て、ウィンディが首を傾げて聞いてきた。

「村の防御を強化するんだよ」

「レンがやるの？」

エレナさんも疑問そうだが、僕は答える。

「村にはあんまり資材もなさそうだしね。強固な壁を作って守ってあげようと思って」

村に戻る途中で、ちょうどさっきニーナさんの指示で解体されていた馬車を発見。

その木材をコネコネしていると清らかな木材に変化していく。これだけでもアンデッド系の魔物に有効なアイテムになっているだろう。

「やるのはいいが、エルフ達に許可はもらったのか？」

ルーファスさんの疑問に、今度は僕が首を傾げた。そういえば、村を強化することは言ってなかった。

まあ、村の強化は悪いことじゃないし、大丈夫じゃないかな？

「ダメだ」

「ええ～！　何で」

村へ行き、ニーナさんに作業を申し出ると、首を横に振って断られた。

「タダではダメだということだ。一方的に何かをもらうのは我々の沽券に関わる」

「あー、なるほど」

よく見ると、ニーナさんは顔を赤くしてそっぽを向いている。素直じゃないツンエルフさんなんだね。

「ニーナお姉ちゃん顔真っ赤～」

「クリアクリスは正直者だなあ」

ついていきたいと言うのでこの子も手を繋いで連れてきたんだけど、ニーナさんを見て笑っている。

「や、やめろ、馬鹿にしているのか」

ニーナさんは怒っているようだけど、顔はにやけてしまっている。うちのクリアクリスの可愛さに頬が緩むのだろう、流石、我らが天使。

「ともかく、我々にはその厚意に対して用意できる報酬がないんだ。人間達のお金も持っていない」

僕は必要としていないんだけど、ニーナさんはどうしても厚意だけを受け取るのは嫌みたいだ。施しは受けけん、って感じで何だか侍みたいだな。

「ふむ……では、コヒナタさんは鉱山に興味はないか？」

「あれ、ボクスさん。そんなものがあるんですか？」

ニーナさんと話していると、さっきの村長さんが話しかけてきた。

「ここら辺にも鉱山があるのか！　それは最高だ、期待が膨らんでしまう。

「ここから少し東に行ったところに、大きな鉱山があるんじゃ。人の手も届いておらん様子でな、中には魔物がうようよおる。儂らでは手の施しようもないが、コヒナタさん達なら開拓できるのではないかな？」

何と、手つかずの鉱山……好き、人の手の届かない場所、大好きです。

採掘の王・採取の王の本領発揮だ。長旅で近頃採掘ができていなかったから、使いたかったんだよね。ついでに鍛冶もやってしまえば、スキルのレベル上げもできてウハウハだ。

よし、まず鉱山で素材を集めて加工して、次は城壁を作って村を囲って、村のみんなにも手伝ってもらって……。

「コヒナタ？　大丈夫か？」

「え？　あー、すいません。トリップしてました」

ニーナさんが心配して僕の顔を覗き込んだ。

「トリップ？」

クリアクリスも心配そうに指を咥えて見てきていた。二人とも綺麗な顔だからびっくりする。

「どうやらお気に召したようじゃな。鉱山の攻略は手伝えんが、村の強化には人を出すぞ。報酬はその鉱山にあるもの全てじゃ。まあ、元々儂らのものではないが、情報料ということでどうじゃ？」

「いいですね。最高ですよ。その情報で素材いっぱい村も強化。全てを賄えます」

「そ、そうかの。些か儂らに有利過ぎると思うが……。皆にはコヒナタさん達を歓迎するように言ってある。村の中での安全は保証しますぞ」

エルフ達の一部は人を恐れていて、僕らを怖がっているようだった。だから僕達は街道沿いに野営するつもりだったんだけど、ボクスさんは村に招き入れてくれた。

ここは厚意を素直に受け取って、村の中にテントを張らせてもらおう。

「コヒナタの厚意は皆を変えてくれるはずだ。お前の家を村の中に作りたいと思うんだが、どこがいい？」

「え？　家？」

村の中へ案内しながら、ニーナさんがそんなことを言ってきた。テントと思いきや夢のマイホームか、どうしよう。

「お兄ちゃん、お家建てるの？」

「そうみたいだね。クリアクリスはどこに欲しい？」

「う～ん」

クリアクリスは指を咥えて村を見渡した。

均等に割り振られた土地に葉っぱでできた家々が建っている。

広さで言うと野球のグラウンド三面くらいだろうか？　人口は百人程度だというから、少し家の数が足りていないような気がする。開拓したばかりだからだろう。

ということは、僕の家を建てるよりもみんなの住居を整える方が先だよなー。

「私はここがいい！」

「おお、ど真ん中か」

「うん」

クリアクリスは大きく頷いて足元を示した。村の中央とは、クリアクリスは大物になりそうだな。僕だったら片隅に生える雑草だから、村の片隅を選んでしまう気がする。自分で言っていて悲しい。

「では手配を」

「ニーナさんちょっと待って」

「え？」

男衆を呼び寄せようとしたニーナさんを止める。今の村に必要なのは村の人達の住居であって、僕の家ではない。

「まずはみんなの家を作りましょうよ。環境を整えないと」

「しかし……」

「明らかに人口に対して家が少な過ぎます。馬車を使わないなら道路はいらないかもしれないけど、住居は人がいる限り必要ですよ」

「……わかった。でも、コヒナタの家は我々が作る。やらせてくれ」

ニーナさんは僕のやることを予想して釘を刺してきたので、苦笑して頷く。彼女は釘が刺さったのを確認して、人手を集めに行った。

ギクッと僕が体を強張らせていたのを見て、ボクスさんに笑われてしまったよ。

「ニーナはお熱のようじゃな。しかし、コヒナタさんはいいお人じゃ」

「え？　そうですか？」

「鉱山一つの情報だけで村の強化のお礼には及ばんからのう」

鉱山を好きに開拓していいなんて、最高の報酬だと思うけどな。

「とはいえ、儂もコヒナタさんの厚意に胡坐(あぐら)をかいてしまっておる。必ずその厚意に報いるから、覚悟しておいてくだされ」

ボクスさんは脅迫じみたことを言って、笑いながら自分の家に入っていった。

お二人は厚意に報いると躍起(やっき)になっているようだけど、そんなに僕はいいことをしているんだろうか？　僕的には育成ゲームみたいな感覚で村を強化しようと楽しんでいるだけなんだけどな。

それに、エルフの村なのに木の柵で囲われただけじゃ、どこの農場だよって感じだし。

とにかく、僕らはみんなで鉱山へとアタックだ。採掘の王と採取の王も、腕が鳴ると言っているような気がするぞ〜。

第二話　鉱山で思わぬ遭遇？

準備を整えて、旅の仲間全員で鉱山に来た。今までの鉱山と違って人の手が入っていないのだけど、天然の洞窟があるので一から掘る必要はなさそうだ。

「蜘蛛(くも)達を全員出して先行させるね」

鉱山というと蜘蛛がいるという先入観があるので、念のため僕のスパイダーズを出して向かわせた。大きめの鉱脈を見つけたらそこで止まるように命令しておく。

「ゴブリンの鳴き声がするな。俺も先行して魔物の種類を探ってくる」

奥から蜘蛛以外の声が聞こえたのを聞いたルーファスさんも、早足で先行していった。今回は戦闘に慣れていないクリアクリスもいるからありがたい。

彼女には危険だから待っていてもらおうと思ったんだけど、離れたくないと珍しく言い張ったので許すことにした。一人でいると昔のことを考えてしまうのかもしれないね。

「レンさん、私も来て大丈夫だった？」

「大丈夫だよエレナさん。みんな強いし、オーク達もいるしね」

そうそう、後方には召喚したオークとゴブリンを配置して完全防御している。

大抵は戦闘で速攻やられているであろう魔物が味方で、しかも強いって何だか面白いね。

「エレナには優しいよね。レンレンは」

「そうだね。私達もか弱い女の子だったら優しくしてくれたのかな？」

怯（おび）えていたエレナさんを元気づけていると、そんな呟きが聞こえてきた。

声の主を見ると、ウィンディとファラさんがすぐに視線を外して素知（そし）らぬ顔。何か言いたいことがあるのなら言ってよね。

「お兄ちゃん、みんなでいると楽しいね」

「はは、そうだね。本当に素直だなあクリアクリスは」

クリアクリスが可愛いことを言うものだから思わず抱っこしてしまう。決して幼女趣味ではないんだけど、無邪気な子供って接していて癒されるよね。

そうしてしばらく、みんなで鉱山の内部を歩いていく。

天然の洞窟なので所々崩れそうになっているところがあり、そういう場所にはミスリルの柱を建てて補強しておいた。流石に生き埋めは嫌だからね。

あとは照明として、ほどよく光を放ってくれる世界樹の枝も地面に刺しておく。

そこかしこに小さな鉱脈は見えるけど、蜘蛛達に続いて奥に進んでみることにした。

ウィンディが欠伸(あくび)するほどのんびりと進んでいると、洞窟の狭い横穴から青白い輝きが見えた。

その穴からは大きな鉱脈が見えて、みんなで歓声を上げた。

横穴を素通りしてまっすぐ行くと、奥は開けていて、さっき横穴から見えていた鉱脈がそこにあった。蜘蛛達も、このエリアで待機している。

今まで行った鉱山が人の手にかかっていたのだとよくわかる。何せ、地面から天井までびっしりとミスリルが埋まっているのだ。これが本当の鉱脈なんだね。

「これは凄いねー……レンレンはここで掘るの？」

「うん、そうだね。エレナさん達とここで作業しようかな」

奥へと続く通路にはルーファスさんが立っている。僕、エレナさん、クリアクリス以外はもっと進む気みたい。奥へ行く面々のために、ゴーレムのゴーレ、それと新しく召喚できるようになったアイアンゴーレムを出しておく。蜘蛛達にも一緒に行ってもらおう。

オークとゴブリンにはここでクリアクリスを守ってもらう。天使に怪我があってはならない。

「じゃあ、また後でね」

「久しぶりの戦闘だ、腕が鳴るな」

ウィンディとファラさんはそう言ってルーファスさんの元へ向かった。みんなが倒しても僕のアイテムボックスにドロップ品が入ってくるのでかなり効率がいい。

ファラさんは久々に冒険者魂に火がついているみたいです。もう受付係は引退したのかな？

「行ってらっしゃ～い」

僕はみんなを見送って鉱脈へと向き直った。

絶景かな絶景かな。眼前いっぱいに広がる青白い鉱脈。

「うん、紛れもなくミスリルだね」

念のため鑑定しておこうと思ったら、エレナさんがそう言った。プロが言うなら間違いないや。

僕の掘る鉱石は、採掘の王のスキルのおかげでどれも質が高い。以前はそれだけだったのだが、今回はスキルレベルがEからDになっているので、何か違ってくるかもしれない。

スキルが上がって初めての採掘だ。さてさてどうなるんだろう？

「掘ったものはレンにあげるね」

「え？　ガッツさんに送ってあげなよ」

「おじいにも少しは送るけど、リーダーに献上しないと」

「リーダーって……」

ダークエルフさん達との話し合いにもリーダーって言われて出向いたけど、僕はリーダーになったつもりはないのだ。

この際だから、何でもそつなくこなせるルーファスさんがリーダーでいいんじゃないかな？

ファラさんはなる気はなさそうだし、ウィンディは問題外だし、エレナさんは非戦闘員だし、クリアクリスはマスコットだしね。

どのみち、リーダーって頼りになる人がなるものだよね。僕じゃ相応しくないと思う。

「とにかく、レンに渡すよ」

「あ、うん」

今はミスリルをコネコネしてみたいし、もらう分にはいいか。

「お兄ちゃんもエレナお姉ちゃんも頑張れ～」

カンコンとツルハシで鉱脈を叩いていると、後ろでクリアクリスが応援してくれる。僕とエレナさんは顔を見合わせて彼女の応援に微笑んだ。何だかいいなこの関係。

「何だか子供がいるみたいでいいね」

「……私との？」

「え？」

エレナさんに誤解させるようなことを言っちゃったようだ。彼女は顔を赤くして、近くの別の鉱脈を掘りに行ってしまった。

しかし、クリアクリスは本当にみんなの懸け橋になってくれるなあ。

ある意味、悪徳貴族のコリンズには感謝しないとね。彼女と出会うきっかけを作ってくれたんだから。

僕とエレナさんは着々とミスリル鉱石を採掘し、山のように積み上げていく。

エレナさんと僕では鉱石の質が違うのだけど、気にしていない。エレナさんのスキルアップにも繋がるだろうしね。

あと、スキルで上位互換した時に、元の質によって違うものができるかもという実験もできそうだ。

「レン、これだけあればいいでしょ？　先に鍛冶の作業始めてていいよ」

「ありがとう、じゃあそうするよ」

エレナさんのお言葉に甘えて、僕はコネコネに入ります。鍛冶とは思えない擬音語なんだけど、そういうスキルだからしょうがないよね。

ミスリルをコネていくと、みるみる色が変わっていく。

鍛冶スキルは特にレベルが上がってはいなかったけど、採掘スキルが上がったことで今回はより質の高いミスリル鉱石が手に入っている。上位互換には影響を与えたようで、黒い鉱石に変わっていっている。

鑑定してみると、初めて見る鉱石だった。


【アダマンタイト】

ミスリルやオリハルコンと同様、元の世界では存在しない鉱石だ。神話とかゲームの世界の鉱石がどんどん増えていって感動する。これを全部色々な武器や防具にできるなんて、最高だよ。

「アダマンタイトなんて、おじいが見たら涎垂らして喜ぶよ」

採掘を終わらせたエレナさんがそう言ってくる。

とりあえず僕が掘った分のミスリルは全部コネまくって、アダマンタイトのインゴットにしておいた。

次はエレナさんの掘ったものだ。

やってみたところ、彼女にはちょっと申し訳ないけど、純度のいいミスリルになるだけのようだった。一度しか上位互換できない制約があると、やっぱりそう簡単にはいかないみたいだね。

とはいえ、高純度のミスリルインゴットがたくさん作れている訳で。

「これ一個で金貨一枚だよね？」

エレナさんは感動して、ミスリルインゴットのピラミッドを眺めている。ピラミッドは僕らの身長を超えているので、少なくとも五十個はあるだろう。お金になるものをこんなに持っていて僕はどうする気なんだろうか？

お金は多く持っているとダメだからなあ……元の世界でも、お金にまつわる格言や名ゼリフは大量にある。こっちの世界でも同じだろう。個人が抱え込まずにきちんと流通させないと、後で痛い目を見るのは必至なのだ。

お金の適切な使い道……今のところエルフの村の強化しか思いつかないけど、思い切ってもっと大規模にやっちゃおうかな。

「レン？　何を考えているの？」

「いや、お金がいっぱいになっちゃいそうだから、ダークエルフさん達の村を街ぐらいまで発展させちゃおうかな～なんて」

エレナさんは首を傾げている。流石に規模が大き過ぎて困惑しているみたい。

「例えば、道路も整備して、よその街の人達と交易できるようにするとか」

とにかくお金のかかることをしてお金を吐かないとね。

とはいえ、素材を換金していないから所持金の金額だけなら大したことはない。その辺のお店ではまず使えない白銀貨も持っているけど、基本的には普通の銀貨をいっぱい持っている。

しかし僕がお金持ちになっているなんて、元の世界の両親が聞いたらびっくりするだろうな。

「なら、各ギルドを誘致したら？」

「それもいいかもね。ただ、どのみちボクスさん達に了承得ないと」

エレナさんも色々考えてくれているみたい。ボクスさん達は何て言うだろうか……人間のことはなかなか信用できないみたいだから、難しいかもしれないよね。

とにかく今は村の強化に専念しようかな。

その後、エレナさんにはオークとゴブリンを使役して、鉱山の入り口にカマドを作ってほしいとお願いした。

単に薪をくべるようなものじゃなくて鍛冶用のものだから、知識のある人が作らないとね。

その間に僕はミスリルでヤットコ鋏(ばさみ)とハンマー、金床(かなとこ)を二セット作っておく。セットで作ると何だか夫婦みたいな感じになっちゃって余計に恥ずかしいな。

そんなことを考えながら作ったものやインゴットをしまっていると、エレナさんが戻ってきた。

「できたよ～」

「え、もう？」

「うん、オークとゴブリンが頑張ってくれたから！」

カマドって粘土質な土とかで固めて作るんだよね。そんなに早くできるものなのかな？

エレナさんに案内されて外へ行く。ずっと上り坂なのでクリアクリスは抱っこしてあげる。僕とエレナさんの採掘中も羨(うらや)ましそうに指を咥えて見ていたんだよね。今度は一緒に掘ってみようかな。

外に出ると、鉱山の入り口の横に仲良く二つのカマドが出来上がっていた。

高さは二メートルほどもあり、粘土質の土でレンガを隙間なくくっつけてある。必要なら手直しもしようと思っていたけど、いらなそうだ。

煙突も綺麗に二本建っていて、ゲームなんかでもお馴染みな鍛冶屋のカマドの完成です。

「凄いね。じゃあ、早速作っていこうか。はいこれ」

「わあ！　ヤットコ鋏とハンマー、金床まで……それもミスリルの……いいの？」

「もちろん。エレナさんにあげるために作ったからね」

「ありがと……」

作った道具一式をあげると、エレナさんは顔を赤くしてお礼を言ってきた。喜んでもらえてよかった。

「そうだ、クリアクリスも叩いてみる？」

「え！　いいの？」

いつまでも見ているだけじゃつまらないだろうからね。危ないけど怪我することも経験だし。

……って、何だか親になった気でいる自分が恥ずかしい。

大喜びしたクリアクリスは、輝くばかりの笑顔でハンマーを手に持った。

ミスリル製のハンマーが、クリアクリスの持つマナに反応して青白く輝く。やっぱり魔族だと持っているマナもかなりの量みたいだね。

「クリアクリスに叩いてもらったら凄いアイテムができそうだな」

クリアクリスの初めての鍛冶だ、絶対に成功させるぞ。あ、でもこんなに意気込んだら恐ろしいものができちゃうんじゃないか？　そういう意味では少し心配である。

「はい、トンテンカン。こんな感じで叩くんだよ」

「は～い！」

エレナさんが教えてくれる。

まず彼女が、熱したアダマンタイトとミスリルをそれぞれ別々に叩いておく。

その後薄くした二種類のインゴットを被せたら、ヤットコ鋏で挟んで金床に重ねて、今度はクリアクリスが叩き始める。

小気味よくとはいかないけど、ハンマーの奏でる音が辺りに響いた。クリアクリスの手に僕の手を添えていると、それで鍛冶の王のスキルは適応されているらしく、どんどん形を変えていく。

初めての鍛冶ということで、彼女の短剣を作ろうと思って念じてます。

すると想像通り、金属の形状が短剣のそれになっていく。

なんてお手軽なスキルなんだ。スキルのおかげでクリアクリスの喜ぶ顔が見られそうだぞ。

アダマンタイトを多めに使ったので、黒い剣になった。所々にミスリルが夜空の星のように顔を出していて美しい。

鑑定してみると面白い結果に。


【アダマンタイトの短剣】STR(筋力)＋800　VIT(生命力)＋500（クリアクリス専用）

何故か〝クリアクリス専用〟という表示がある。

僕の思いが強過ぎたんだろうか？　親バカって凄いとつくづく思いました。

ステータスも恐ろしいほど上がっている。僕の装備よりも圧倒的に強い。

ちなみに僕の装備も新調しようかとは思ったんだけど、防具はエレナさんの選んでくれたものだから思い入れがある。

だからチェーンメイルみたいな、中に着るタイプの防具をアダマンタイトで作ろうと思う。

あとは武器もね。今まではオリハルコンのショートソードだった。

これでも十分強いんだけど、やっぱり、長い剣を作りたい。僕じゃ扱えるかわからないけど、男はごっつい剣を持って初めて真の男になるような気がする。

ということで、僕もクリアクリスと同じアダマンタイトを地金に使ったハイブリッドの剣を作ろうと思います。これだけ量もあるし、ある程度長い剣でも作れそうだ。

一回体験したら楽しくなったのか、クリアクリスが俄然やる気になっていたのでお願いした。子供でもあんなものが作れてしまうんだから、鍛冶の王は本当に恐ろしいスキルだよ。

さっきの短剣と同じように、アダマンタイトにミスリルを重ね、クリアクリスが叩く。剣は徐々に長く形状を変えていき、ミスリルの輝きをそこかしこにちりばめた黒剣になった。

思っていた通り、ロングソードと言えるほどの長さに仕上がった。これはこれでカッコよくていいな。

【アダマンタイトのロングソード】ＳＴＲ＋１２００　ＶＩＴ＋７００

クリアクリスに叩いてもらったからか、すっごいものになりました。ＳＴＲの上昇幅が桁違いだ。

こんなもの市場に出したら、伝説の装備扱いされちゃうんじゃないだろうか？

こういうものばかり作っていては、売れる商品はできないな。まあ、エレナさんが自分のお店を持って売る分にはいいかもしれないけどね。

「お兄ちゃんの綺麗～！」

「クリアクリスのも綺麗だよ」

「えへへ」

出来上がった二つの剣を眺めてクリアクリスが目を輝かせている。僕はその様子を見て、まるで恋人に言うように褒めると、顔を真っ赤にして照れていた。

無邪気な子供にはこうやって素直に言えるんだけどな。

「いいな～……」

隣でミスリルを叩いていたエレナさんが僕らを見て呟いている。

ゴブリンの布切れがまだいくつかあったから、今回で全部使い切ってしまおう。

僕はミスリルの分量を調整して、握り手に布が巻かれている武器に加工していった。

【ミスリルの短剣】ＳＴＲ＋１００　ＶＩＴ＋50
【ミスリルのショートソード】ＳＴＲ＋２００　ＶＩＴ＋50
【ミスリルの槍】ＳＴＲ＋３００　ＶＩＴ＋50

　これだけでもステータスはエレナさんの祖父の職人、ガッツさん並みの水準だ。何十年も鍛冶一筋だったガッツさんよりも凄いものができてしまうなんて、改めてチートっていうのがわかるよ。

「お兄ちゃん疲れた〜」

「ありがとうクリアクリス。おかげで凄いものが作れたよ」

　流石にこれだけいっぺんに作ったので、クリアクリスが座り込んでしまった。

「少し休憩にしよう」

「は〜い」

「エレナさんも」

「うん、そうするよ」

　玉の汗をかくエレナさん。ガッツさんとは違って、鍛冶に没頭していてもちゃんと聞こえたみたい。

　オークとゴブリンに辺りの警戒をさせて、僕達は休憩することにした。

　アイテムボックスから、果物と〝世界樹の雫(しずく)〟で作ったジュースを取り出す。かなり体にいいジュースだ。こんな贅沢なジュースも、水辺を掃除するだけで世界樹の雫が手に入るからこそできる訳で……採取の王に感謝だなあ。

「疲れが取れる～」

「美味(おい)し～」

二人とも満足げにジュースを飲んでいる。

一方で、休憩しながらも僕は指先でネジジとアダマンタイトを練っていた。

細く糸のようにしたアダマンタイトを、三つ編みにしていくつも横に重ねていく。本来は機織(はたお)り機(き)みたいなもので作るんだと思うんだけど、そんなものを作る知識はないので手作業だ。

それでも鍛冶の王のおかげか少しずつチェーン状のものができてきた。流石に無理かなと思っていたけど思い通りになってくれたので、試してよかった。

【アダマンタイトのチェーンメイル】ＶＩＴ＋８００　ＡＧＩ(敏捷性)＋５００
鎧なのに素早さが上がるらしいです。流石は鍛冶チート。この調子でみんなの装備も作っていこうかな。

……そういえば、奥に行ったみんながまだ帰ってこない。大丈夫かな？

「エレナさん、少し他のみんなの様子を見てくるよ」

「気を付けてね」

しばらく待っても、一向にみんなが帰ってくることはなかった。蜘蛛達がやられた様子もないので危険な状況ではないと思うけど、心配なので松明(たいまつ)を持って、僕も行ってみることにした。

「あっ」

「どうしたのレン？」

「アイテムボックスに何か入ってきた」

今までゴブリンがドロップするアイテムしか入ってこなかったから、危ない魔物とは遭遇していないんだと思ったんだけど、今、急に別のアイテムが入ってきた。それも休みなく。

「……骨？」

アイテム欄に入ってくるのは全て骨だった。白だけかと思いきや、赤や青のものもある。

「スケルトンがいっぱいいたってこと？」

「そうなるのかな……この世界は骨も魔物になるの？」

尋ねると当たり前のように頷くエレナさん。本当にゲームみたいな世界だなあ。

骨が動くなんて、生物学的におかしいと思うんだけど。まあ、魔法があるんだから納得せざるを得ないか。

「これだけの数が入ってくるってことは倒せているってことなんだろうけど、行ってくるよ。一応オークとゴブリンを護衛につけておくから待っててね」

「お兄ちゃん、いってらっしゃ〜い」

「気を付けてね」

僕一人で再び鉱山の中を進む。その間もアイテム欄を見ているんだけど、ずっと入ってきている。どれだけの大群と戦っているのか、赤、青、黄、黒、普通の白い骨、それぞれがもう百個を超える勢いだ。何だこれ？

まったく、こんな邪魔が入るなんてなあ。僕は憤りながら速足で進む。

一人じゃ寂しいのでマイルドシープを召喚して、前に抱っこしています。フワフワで気持ちがやすらぐのだ。


僕とエレナさんがミスリルを掘っていたところまで戻ると、少しだけ何かの声が聞こえてきた。

蜘蛛達とゴーレム兄弟もいるし、ファラさんもいるから大丈夫だろうけど、ウィンディが心配だ。彼女は地面から広範囲に岩が飛び出す〝大地の矢〟を持っている。追い詰められたらこの洞窟内でも使ってしまいそうで怖い。

考えてみれば、まさか洞窟が崩落したから骨がこんなに入ってきた……なんてことはないよね？

「……大丈夫かな」

先を急ぎながら、マイルドシープを抱きしめる手に力が入る。マイルドシープがジタバタするけど、毛皮に顔をうずめて不安を払拭してもらいました。モフモフはこういう時に役に立つよな。

もし崩落していても、掘って掘って掘りまくって捜し出してやるさ。怪我していても、世界樹の雫を飲ませれば欠損だって治る。大丈夫だ。

「おっと、ジェムもボックスに入ってきたな」

それぞれの色のスケルトンジェムが次々とアイテムボックスに入ってきた。これは召喚したらかなりの戦力になるな。どれも武器と防具を装備できるみたいだから、僕だけで街でも攻め落とせちゃいそうだよ。

「せっかくだから出しておくか」

歩きながら五体のスケルトンを召喚。

「本当に色が全員名前の通りなんだなあ……」

スケルトン達が盾役のように僕の前を横一列で進んでいる。

そのままゆっくり歩いていると、前方にゴーレの腕に抱き上げられているウィンディが見えた。

「あ～レンレン、危ない！」

こちらから声をかける間もなく、彼女は声を荒らげて弓を引く。

そして、次の瞬間、ヒュンヒュンヒュン。

一瞬で、僕の前にいた三体のスケルトンの頭に清らかな石の矢が射られた。ウィンディは最近さらに腕が上がっているんじゃないか？　凄まじい速射だったよ。

ヘッドショットを受けた三匹のスケルトンは、死んでしまったようだ。再度召喚するには回復を待たないといけない。

召喚魔物がやられるのは初めてなので、いつ回復するのかはわからないな。

「ちょっとレンレン、目の前にスケルトンがいるのに何ぼーっとしてるの」

「ごめんごめん、大丈夫。この子達は僕の従魔になってるんだよ」

「はぁ？」

弓を引いて近づいてくるウィンディに大きな声で話していると、黒と黄のスケルトンが僕の背後に隠れて怯えだした。

「そんなことよりも、他のみんなは大丈夫？　奥で何があったの？」

弓を下ろしたウィンディに事の詳細を尋ねる。

ゴーレの後ろにみんなもいると思ったら、誰もいないのだ。ウィンディが語り出す。

「レンレン達と別れた後、もっと地下に潜っていったんだけど……しばらくは、ゴブリンくらいしか魔物はいなかったの」

アイテム欄に入ってきたことを考えるとそうだよね。僕達が採掘や鍛冶をしていた頃だ。

「それで最深部っぽいところまで行ったんだけど、変な建物があったの」

「建物？」

遺跡か何かだろうか？　この世界なら、負のエネルギーを召喚に使って魔王を生むとか、そんなこともあり得る。何だか言っていて的を射ていそうで怖いな。

「危険がないか調べるために、その建物の扉に手をかけたんだけど、どんなに引っ張っても開かなかったの。だから諦めて来た道を帰ろうと思ったら、スケルトンが天井とか壁から雪崩のように湧いてきて……乱戦になって、みんなともはぐれちゃった」

「ここからその場所までは、分かれ道とかもあった？」

「うん、あった。レンレンの蜘蛛が案内してくれたから最初は迷わなかったんだけどね。帰りはゴーレと一緒に勘で上がってきた」

『ゴッ』

頷くゴーレ。ひとまずウィンディを無事に連れ帰ってくれたのはお手柄だね。

しかし、ルーファスさんとファラさん達はまだ地下で迷っているってことか。

向こうにいる僕の魔物達は、ジェムを見る限り死んだ反応はない。もしかしたら、ゴーレと同じく二人を連れて上がってきている最中なのかもしれないな。

「とにかく、僕は下に行くよ」

「えっ、じゃあ私も」

「いや、上にいるエレナさん達も心配だから、ウィンディが守ってあげてほしい」

「……わかった。気を付けてね。ゴーレも連れていってあげて」

ウィンディはゴーレから降りて駆けていった。結構な時間戦っていたはずだ。疲れている人を庇いながら戦うのはリスキーだから、こうした方がいいのだと信じたい。

鉱山をさらに下っていくと、通路の枝分かれが激しくなってきた。少し歩くたびに分岐している。

目印に刺している、光る世界樹の枝だけが帰りの道しるべだ。

分岐はとにかくまっすぐに進んでみることにした。

しばらく歩くとアイアンゴーレムが立っていた。アイアンゴーレムの傍らにはスケルトンの残骸がある。ここでも戦闘が行われたようだ。だけど、ルーファスさんとファラさんはいない。

アイアンゴーレムとゴーレにはみんなを探すように指示し、別の道へ向かわせた。ゴーレム対スケルトンなら相性的に余裕のはずだから、単独行動させても大丈夫だろう。

それからさらに進んだが、まだ突き当たりにはたどり着かない。

「またアイテムが入ってきた」

またスケルトンのドロップ品が入ってくる。ゴーレム達が戦っているのだろうと思いきや、ジェムも大量にゲット。これは二人では稼げない量だ。恐らくファラさん達も戦闘中なんだと思う。

しかし、あまりにも道が分かれ過ぎて大変なので、スケルトン達をこの場で強化して人海戦術で行くことにした。

ウィンディに白・赤・青を倒されてしまったので、黒と黄を上位種まで強化。この二種はスケルトンとしてはなかなか強いみたいで、使用ジェムも結構多い。

上位種にしただけでかなり消費してしまったので、その上の亜種まで強化するのは黄だけにした。後々必要になるかもしれないし、残りのジェムは温存しておこう。

これで、同じスケルトンとの戦闘でも太刀打ちできるはずだ。

急造したミスリルの盾と剣も持たせたので余裕で勝てると思うんだけど、鎧が付けられないようで、どうしても弱そうに見えちゃうんだよね。

それぞれのスケルトンに別々の道を進ませ、僕は引き続きまっすぐ進んでいく。そうしている間にもドロップ品が入ってくる。戦闘がどこかで続いているようだ。

焦る気持ちを抑えながら歩いていると、ようやく突き当たりの気配。

段々狭くなってきた通路を歩いていくと、傾斜の凄い坂を下ることになった。

「この道は間違いだったかな？」

通路の先には松明の光が届かず、全く見えない。

引き返そうと思った時、坂の下から金属のぶつかる音が聞こえてきた。キンキンという音が何度も聞こえてきて、薄っすらと人の声も聞こえるような気がする。

「いや、これはビンゴか！」

意を決して、坂を下ることにした。少なくとも誰かはいるはずだ。

だが坂を下るにつれ、戦闘音は大きくなる。無駄足じゃなさそうなのはよかったんだけど……。

「と、止まらない〜！」

坂の傾斜が急で、どんどん加速して僕は止まれなくなってしまう。

転びそうになりながら駆け下りていくと、光が見えてきた。だけど、坂は途中でなくなっていた。

何を言っているかと言うと、大きな広間の天井に出てしまったのだ。僕は背中から落っこちる。

「いたたた……」

「お前は、あのよそ者達の仲間か？」

「え？」

起き上がるとすぐ横に、見たことのないスケルトンが立っていた。大きな杖を持ち、豪華なローブを着ている。

「お、お邪魔してます。多分、そうですね」

話しかけてきたことに驚きつつも、僕は会釈した。辺りを見回すが、戦闘の様子はない。

「……礼儀はなっているようだな。しかし、無断で人の家に足を踏み入れたのだから、討たれても文句は言えまい？」

「いやいや、無断で入ったのは謝りますけど、いきなり命をとるのはやめてもらえませんか」

遠くの狭い通路の入り口に、蜘蛛達が顔を覗かせているのが見えた。多分、向こうでファラさん達が戦っているんだと思う。

ウィンディが言っていたスケルトン達は、無断で住処に入ってこられたから襲ってきた、ってことみたいだね。

「土足で踏み込まれては自衛するのも当たり前だろう？」

「そうですけど、先に攻撃してきたのはそちらじゃないんですか？」

「戦いとは先手必勝、やられたらそこでおしまいだからな。……それに、こちらがこの身なりでは貴様らも魔物と判断するだろう」

もっともなことを言っている骨さん。まあ、あの状況で対話するのは難しそうだよね……。

「あの弓を持った娘からも、何度も直接攻撃されてな。骨の壁で何とか防いだが、間に合わなければ死んでいたかもしれん」

やっぱり、それで話をする間もなかった訳ね。

「お前はあの者達のリーダーか？　話をする余裕があるようだが」

「……まあ、成り行きでそうなりました」

またしてもリーダー問題を聞かれてしまった。しかし、話のわかる骨さんみたいだから、話をしよう。

「私はかつてアンドールという国を治めていた王、アルサーメンという。一度は死んだ身だが、こんな姿で蘇(よみがえ)ってしまった」

何か、すっごい偉い人みたいです。

第三話　村の強化

「レン！」

「大丈夫？」

アルサーメンさんを説得してスケルトン達を止めてもらうと、ルーファスさんとファラさんが駆けつけてきた。僕の前に割り込み、アルサーメンさんに剣の切っ先を向ける。

「この者達は本当に無礼だな……まあ、お前を守りたいことの表れだと思うから許そう」

「すいません。ちゃんと説明するので」

僕が慌てて二人に説明していると、アルサーメンさんは遠い目をして佇(たたず)んでいた。目がないからどこを見ているのかわからないけどね。

「私にもこういった仲間が多くいたものだ。彼らの子孫は今の世にもいるのだろうか」

そんな彼を見て、ルーファスさんとファラさんは剣をしまう。

「レンはいつもおかしな現象を起こすな……」

「リッチを説得してしまうなんて、感心するよ」

ファラさんがアルサーメンさんを見てリッチと言っている。どうやら、魔物の種類としてそう呼ばれているみたいだ。元の世界のゲームなんかではボスクラスか中級くらいの強さだね。

「ふむ、リッチか。なかなかいい名前だな。いっそそのまま、リッチと呼んでくれたまえ。死んだ後も生前の名を名乗り続けるのには違和感があるのでな」

アルサーメン改め、リッチさんは顎に手を当てて言った。本人が気に入ったのならそれでいいか。

「――それで、何故レン達は私の家に？」

リッチさんと自己紹介をし合ったのち、彼は僕らの目的を聞いてきた。

「鉱脈があると、近くに住むダークエルフさん達に聞いて来たんです」

「ダークエルフ？」

「ああ、知らないんですね。ダークエルフっていう種族です。褐色肌で耳が長いのが特徴です」

「ふむ、冒険者とかいう泥棒どもの中に幾人かいたな。魔力に長けていて、俊敏な者達だ」

昔は、僕らの他にもこの鉱山を訪れた人がいたみたい。その人達の多くは、ここで文字通り骨を埋めたみたいだけど。

「中には話せばわかる者もいたのだが、多くの者は私の財宝を奪おうと襲ってきたのだ。まあ、返り討ちにしてやったがな。ちなみに強さはお前達が最高クラスだったぞ。わっはっは」

リッチさんは自慢げにそう話した。あのスケルトン達の中には冒険者だった人達もいるみたい。

「上で待機しているブラックスケルトンとイエローはお前の従魔であろう？」

「そうですけど」

「やはりな。あの者達は、私の手下の同じブラックに比べて六倍ほどの強さになっている。どういう原理かわからんが、レンとは敵対しない方がいいと私は判断した」

どうやら、黒と黄を強化しておいてよかったみたい。してなかったら、天井から落下してすぐ戦闘になっていたかも。

「ともかく、お前達は財宝ではなく鉱石が欲しくて、ここに来たのだな？」

「はい、ダークエルフさん達が人間とトラブルを起こしちゃったので、襲撃されないように村を強化してあげようと思って。それで鉱石を拾いに来たんです」

「村を強化、か……ふふふ、はっはっはっは」

僕の言葉を聞いてリッチさんは高笑いを始めた。どうしたんだろう？

「血が騒ぐぞ、楽しそうじゃないか」

もう血はないと思うんだけど。

「私は王国を築き上げた男だぞ、村を強化など造作もない。私もそちらへ行く。協力させてくれ」

「え？」

リッチさんは節穴なはずの目を赤く輝かせて、僕に顔を近づけてきた。どうやら、協力してくれるみたいだけど、大丈夫なのかな？

「じゃあ、この鉱山はどうするんですか？」

「金も銀もお前達にやる。それよりも村を強化だ」

「ええ⁉」

リッチさんはそう言って後方にあった遺跡のような建物に手をかざした。巨人が押しても開かなそうな扉が開いていき、見えてきたのは天井まで届くほどの金貨だった。中には装飾品や金の盃みたいなものまであって、まさに金銀財宝といった光景だ。

「でも、タダでもらうのは流石に……」

僕は小市民なので、生唾を呑み込んだものの遠慮しようとした。

「ふむ、レンは謙虚だな。お前のような物分かりのよい冒険者達には、追い返す際にいくらか金貨を授けたものだが、皆、遠慮せずにもらっていったぞ」

「いやー、それでもやっぱり」

「では、こうしよう。私をダークエルフ達に紹介してくれ。この見た目だ、いきなり協力するなんて言っても信じてはもらえんだろうからな。その紹介料として金貨を授ける」

リッチさんはそう提案するけど、紹介料で金銀財宝はどう考えても釣り合わない。

「不服か？　ではこれならどうだ？」

リッチさんはそう言って、壁面にあったミスリルの小さな鉱脈に手をつけた。

すると、そこからスケルトンが現れた。身体がミスリルでできているらしく、青白く輝いている。

「私は色々な鉱物をスケルトンにできる。もちろん、普通の骨からでもできるがな。ミスリルのスケルトン、欲しくはないか？　レンは私のスケルトンを仲間にしたのだろう？」

リッチさんは推測で僕の能力に気付いたみたいだ。

仰る通り、ミスリルのスケルトンは欲しい。あのメタリックな感じはカッコいいなあ……。

「わかりました、金銀財宝はいらないから、スケルトンだけもらえれば充分です」

「本当に謙虚な奴だなレンは、仲間達も呆れているぞ」

リッチさんがそう言って指差した先を見ると、ルーファスさんとファラさんが額に手を当てて首を横に振っていた。

だって、もらい過ぎると罰当たるよ。舌切り雀みたいなことになりかねないからね。

「じゃあ、リッチさん、一緒に行きましょうか」

「ああ。だがその〝さん〟と言うのはやめてくれ。むず痒い」

「……わかりました、呼び捨てにします」

しぶしぶ了承しつつ、みんなで地上へ戻ることにした。

「それにしても相当久しぶりの外だな。今は昼か？」

「そうですね。日の光がダメですか？」

「いや、大丈夫なのだが、眩しくてな」

リッチはそう言っているけど、目がないので突っ込んでいいのか迷う。

そんな訳で、ひょんなことからリッチと知り合いになりました。村の護衛としては心強いね。

「……ということでして、ボクスさんいいですか？」

「いいにはいいのだが……」

アルサーメン改め、リッチを連れてみんなでダークエルフさん達の村に帰ってきた。村を強化するための素材はたんまり手に入ったので素材の心配はいらなくなった。

当初思っていたよりも強固な壁が作れそうで、僕はワクワクしているんだけど、リッチによる護衛の話を聞いてボクスさんは怯えているような感じだ。

それもそうだよね。喋るスケルトンなんてこの世界でも珍しいだろう。

「まさか、リッチに護衛をしてもらえる日が来るとは。長生きするものじゃ」

……と思ったら、なんか別の意味で感動していたみたい。震えているのはそういう理由ね。

「少なくともこれで、人間に負けることはなくなったな」

フンッとニーナさんが鼻息荒く話した。

確かに、スケルトンがあの物量で出てくるだけでも困るのに、ミスリルとか金属製のスケルトンなんて出されたら、並みの兵士や冒険者じゃひとたまりもないよね。

ちなみにミスリルのスケルトンは無事手に入れました。リッチに三体ほど出してもらって、倒したらジェムがドロップして、めでたく召喚可能に。

ミスリルスケルトンは強化に必要なジェムが特に多い。僕の持っている魔物の中で一番大食いなデッドスパイダーの次に多かった。上位種にするのが限界だ。おかげで残りのジェムは二桁しかなくなっちゃった。鉱山にいる間に千個近くゲットしていたんだけどな～。

「兵力は十分になったから、僕は壁とか作ってるね」

「つくづく変わり者だな、コヒナタは」

僕はリッチの紹介もそこそこに、村長の家から退出した。他のみんなは、村のみんなの住居作りに加わるみたい。

それにしても、思ったよりリッチが怖がられなくてよかった。

この世界ではあんな、喋れるタイプの魔物も多いのだろうか？　エルフがいるんだから、こういう魔族とかもいてもいいはずだよな。


村の外れまで来た僕は、壁を作るためにまず今ある木の柵をコネコネしていく。

触るだけで清らかな木の柵になっていきます。そうだ、スケルトン達には触らないようにさせないとね、浄化されちゃうと思うから。

そして、ここからが本番。

「高さは七～八メートルくらいかなあ……上に人が上れるように幅も二メートルは欲しいなあ」

内側に城でも建てるのかと言わんばかりの立派な壁になりそうだ。

材質はミスリル製だから鍛冶スキルで楽に作れるんだけど、高さがあるので全部地上から作るのは難しい。

そこで、レンガを積んで壁を作るようなイメージで、下からちょっとずつ高くしていく方式にした。

まず基礎の部分を、村の外周を回りながら設置していく。一周したら、上に乗ってまたもう一段高い壁を建てながら外周を回る。それを繰り返すのだ。

元からあった柵を目印に作っていくんだけど、それだとちょっと窮屈だったので、少し広めに村を囲っていった。

ゆくゆくはギルドを誘致してもいいと思っているから、今のままじゃどうしても手狭になると思うんだよね。商人ギルドと冒険者ギルドを建てたら、もう何も建てられないくらいだ。

ダークエルフさん達の住居や畑はもちろん、ギルドができたらここに移住したり、店を構えたりする人も出てくるだろうし、尚更広くしておかないとね。

ただ、あんまり人族がいっぱい入ってくると村のみんなが怒りそうだから、あくまでエルフのための街にしてあげたいな。


結構な高さになったので、階段とか見張り櫓なんかも作りつつ、最上部の建築に入った頃。

「ファラお姉ちゃん、たか～い！」

「高いねえ、クリアクリス」

下からファラさんとクリアクリスの声が聞こえた。

「あれ、見に来たの？」

下を覗くとファラさんと、手を繋いだクリアクリスが驚いて声を上げている。手を振ってきたので僕もそれに応えて振り返した。

「エリンレイズの城壁みたいにしたんだね」

「知ってる城壁が、エリンレイズとテリアエリンのものしかなかったので」

ファラさんが感心していた。思っていたより結構うまく作れてるみたいで嬉しい。

（鍛冶の王のレベルが上がりました【D】↓【C】）

「あっ、また上がった」

久々に頭の中で音声が鳴った。ということは、この壁作りもやっぱり鍛冶判定なんだね。まあ、コネコネできてる時点でそうだろうとは思ったけどね。

「採掘の王よりも先に上がったな～」

あれだけ採掘をしていたのに、採掘の王のレベルは上がらなかったんだよな。

鍛冶の王の方が必要な経験値が少ないのかな？　それともミスリルみたいな上位のアイテムをコネコネしているから、経験値が多いのかな？

「どうしたのお兄ちゃん？」

「ああ、ちょっと考え事をね」

階段を使って、壁の上に上ってきた二人。ファラさんの手にはランチボックスがあった。お昼を作って持ってきてくれたみたいだね。

「これ、一緒に食べようと思って」

ファラさんは頬を掻きながら、照れくさそうにランチボックスを渡してきた。

「ありがとうございます！　ちょうどお腹すいてたんだ」

「お腹すいた～」

ボックスの中にはハムサンドがたくさん。クリアクリスも食べたいみたいだし、早速いただこう。

「いただきま～す」

一口含むとハムの香りがしてすぐにピクルスが追いかけてきた。ネネさんの作ってくれたハムサンドとはまた違った旨さがあるなあ。そんなことを思っていると……

「あ～レンレンが食べてる～！」

「ファラさんいつの間に……」

ウィンディとエレナさんが現れた。手にはまた別のランチボックスを持っている。どうやら、ファラさんはみんなに言わずに来ていたようだ。何でだろう？

「いや、私はただ、クリアクリスと、レンもお腹すいているだろうと思って……」

顔の前で両手をブンブン振りながら否定している。顔も真っ赤でとっても可愛らしい。

「もう、いいですよ。そんな嘘つかなくたって～」

「みんなで一緒に食べましょ」

いそいそと食事の輪に加わるウィンディ達。

「嘘じゃない……嘘じゃないんだ……」

一方、ウィンディの言葉を否定しながら、赤い顔を伏せて座り込んだファラさん。

エレナさん達は自分の持ってきたランチボックスを広げる。作りたての壁の上で僕らは一緒にランチをすることになりました。

いつの間にかルーファスさんも出てきてびっくりしたよね。

◇

ランチを食べ終えると、街道を見張ったり、住居作りに戻ったりと、みんなそれぞれの用事に散らばっていった。僕も城壁作りを再開。

城壁の入り口は北と南に作る予定なので門も作る。もちろん門扉(もんぴ)もミスリルで作ります。高さ3メートル、厚さ五十センチほど、全部ミスリルなのでかなりの強度です。

『ゴッゴッゴッ』

作ったはいいけど重かったので、ゴーレム兄弟を召喚。僕の作った扉を門に取り付けてもらう。留め具をつける間も支えてもらっています。こういう時に大きな魔物が仲間にいると便利だよね。

壁の装飾や、矢を射るための凹凸型の胸壁、見張り台なんかも色々作って、スケルトン達も召喚。

人海戦術で設置していく。

みんなせっせと組み立ててくれるんだけど、リッチのスケルトン達も手伝ってくれたので見分けがつかなくなった。まあ、終わったらジェムに戻せばいいや……。

しかし、よく働くな～、骨だから疲れないのかな？　案外、大きな工事とか建築にもってこいの魔物なのかも知れない。

「コヒナタ～」

「ん？　どうしたのニーナさん？」

城壁の上で壁をコネコネしつつ魔物達に指示を出していると、ニーナさんが声をかけてきた。

「申し訳ないんだが、あのミスリルの蜘蛛を一匹貸してくれないか？」

「え？　蜘蛛を？」

「頼む！」

何故か懇願してくるニーナさん。蜘蛛が好き……って訳でもなさそうだけど。

「別にいいんですけど、何に使うんですか？」

「……率直に聞く。この村の……私達の服装をどう思う？」

ニーナさんがもじもじしながら聞いてきた。

ふむ、女ダークエルフさん達の服装……一言で言ってしまうとエロいです。

全体的に薄着で、素肌が見え過ぎなんだよね。おまけに下着っていう文化がないのか、見えちゃいけないところまで見えそうだ。

ぼ、僕は見てないよ？　さっきウィンディが指摘してきただけだ。

「こ、個性的だと思いますよ……？」

「誤魔化(ごまか)さないでくれ。私達だって薄々気付いているんだ。はしたないと気付いていているのにそれを着ているって変じゃないか。

「……そういうご趣味で？」

「違う！　断じて違うぞ。私達は、本心では綺麗な服を着たいし、むやみにあちこち晒さない服を着たいと思っているんだ。しかし、その……金もなければ素材もなくて……」

「あ～そういうこと」

もじもじしているニーナさん。どうやら、服作りのために蜘蛛の糸が欲しいみたいだ。

女の子なんだし、そういうことにも気を使いたいよね。

っていうか、僕的にも早く作らせてあげたい。正直僕を含めた男連中も、目のやり場に困っていたのだ。

「わかりました、糸を出せる蜘蛛を三匹預けますよ。ほいっと！」

僕はスパイダーズを召喚。あ、ポイズンはファラさんといるので、それ以外の蜘蛛三種類だね。

デッドスパイダーも、見た目はいかついけど糸は出せるはず。

「ありがとう、デッドスパイダーの糸は街でも出回らないほど高級らしい。この恩は必ず返す！」

「恩だなんて、人間のしてきたことを思えば、まだまだ足りないでしょ」

「コヒナタ、ありがとう……妾が三人もいなければ、私がお前の妻に……」

「えっ？　今なんて？」

「いや、何でもない。早速、村の女達で服製作に勤しむよ。本当にありがとう」

ニーナさんはそう言ってスパイダーズを連れていった。

これでしばらくすればダークエルフさん達のチラチラはなくなるだろう……今のうちに見納めようかな。

「レン、何をニヤニヤしてるんだ」

「うわルーファスさん……そんなことないですよ」

さっきもそうだけど、急に現れるからびっくりするんだよなこの人。斥候職のルーファスさんならではの隠密スキルである。よこしまなことを考えている時に急に現れないでほしいよ。

「女ったらしも程々にしとかねえと怒られるぞ。誰からとは言わんが」

女ったらしって、どこをどう見たらそうなるんだ。

「たらし込めたことなんか一度もないですよ。冤罪だ冤罪！」

「同じ男から見ればそう見えるってことだよ」

「何言ってんですか」

「おいおい、男からしたら誉め言葉だろ？　女からモテモテって意味で捉えれば」

ルーファスさんを睨むと、ルーファスさんは肩を竦めて弁解した。

誉め言葉というには不名誉過ぎると感じるのは僕だけだろうか。あんまりからかうともう怪我しても治してあげないぞ。

「お兄ちゃん、怒ってるの？」

「あれ？　クリアクリス。みんなと一緒に行ったんじゃなかったのか」

ルーファスさんにジト目を向けていると、不意にクリアクリスが袖を引っ張ってきた。

心配してくれてるのか、優しいなあ……。つくづく我が子にしてあげたいよ。

「怒ってないよ、ただルーファスおじさんが変なこと言ってきただけだよ」

「……ゴホン。さて、ちょっと俺も見回り行ってくるかな」

僕の言葉を聞いて、わざとらしく咳払いをしたルーファスさんは、壁から飛び降りて街道の方へ歩いていった。あの、階段あるのに何で使わないんですか。流石というか何というか……。

「まったくルーファスさんも困ったもんだ」

「あのねお兄ちゃん、お兄ちゃんにお願いがあって来たの」

「ん？　お願い？」

逃げ足の速いルーファスさんを見送っていると、クリアクリスが何やらもじもじと足で地面をいじっている。

「あのね、そのね～」

「はは、遠慮せずに言ってみな。叶えられることなら叶えるからさ」

「戦いたいの！」

「そうか～戦いたいのか～……。――へ？」

僕が唖然としていると、クリアクリスは小恥ずかしそうに、僕と一緒に作った短剣を掲げた。

短剣には、ミスリルと布を合成した鞘を作ってあげていた。彼女の名前の由来になった剣をイメージした鞘。腰の辺りに提げるタイプにしたんだけど、凄く似合っている。

って、問題はそこじゃない。

クリアクリスが戦いたいだって⁉　お兄ちゃん心配です。


「やっ、はっ」

クリアクリスのお願いを聞き、僕は壁作りを魔物達に任せてクリアクリスの指導を始めた。

指導と言っても、漫画やアニメで見た動きの真似事だ。これなら同じような武器を使ってる、ルーファスさんに教わった方がよかったんじゃないか？

「短剣を逆手に持って、撫でるように斬り付ける感じかな……。多分、敵の攻撃を避けながら斬るのが目的だと思う」

「うん！」

何せ学んだことがないので、多分とか思うとか、曖昧なことしか言えない。大丈夫かな？

「ちゃんと教えてあげたいんだけど、僕は学んだ人じゃないからなあ。ルーファスさんを呼ぶ?」

「ううん、お兄ちゃんがいいの。だって初めて習うから」

ううっ、ええ子や。

本当にいつかこの子の親を見つけ出して、無事に送り届けてやりたい。これは使命というやつだな。

この子を親に会わせるために、僕はこの世界に来たんだ。うん、間違いない。

「あとは、突きを主体に戦うって方法もよく見るな。短剣は普通に片手で持って、空いてる手は背中に回して、相手に対して斜めに立つ。これは何だろう、敵から攻撃される範囲を狭めるためかな?」

「こう?」

「そうそう」

フェンシングのような構えのクリアクリス。正面から見た時に面積が狭くなるからそうかと思ったけどどうだろう?

「あとは、遠くまで攻撃できるのも利点かも」

僕は同じような構えを取って、自分の短剣を突き出してみた。本当に剣を持っている訳じゃないけど身体が伸び切る感じがする。攻撃範囲が大きく伸びるんじゃないかな。

「自分の身体へのダメージを防ぎながら攻撃できそうだ」

「うん！」

でも、クリアクリスの持っている短剣は刃渡り二十五センチほど。家庭用の包丁よりちょっと長い程度だから、この戦闘方法じゃなくて、逆手に持った戦闘方法を教えたいね。

「構え方はこのくらいにして、あとはカカシで訓練してみようか」

そう言って僕はアイテムボックスにあった木と藁を出し、適当なカカシを組んでみる。

スキルが上がったからなのか、こういう普通の製作も心なしか手早くなったように思う。

「ハッ！　ヤァ！」

みるみるうちにカカシを刻んでいくクリアクリス。

魔族だからなのか、元から才能があるのかも。走り抜けながら斬り付けたり、相手の攻撃を空いている方の手でいなして反撃したりと、色々な戦闘方法を考えているようだ。

ふっ、儂の教えることはもうないようじゃの、って感じです。

「お兄ちゃんこれでいいの？」

「多分そうだよ。っていうか、クリアクリスは凄いなあ……僕より動きいいんじゃないかな」

「えへへ、お兄ちゃんのおかげだよ」

「そう言ってくれると嬉しいな。じゃあ、スケルトンと試しに戦ってみる？」

「やる！」

僕は壁を運んでいたイエロースケルトンを手招きして呼ぶ。

イエローには棍棒と木の盾を持たせた。万が一にもクリアクリスを傷つけたくないからね。

「ヤッ！　ハァ！」

木と鉄のぶつかり合う音を奏でていくクリアクリス。

みるみる成長する彼女に、イエローも押されているように見える。亜種まで強化しておいたはずなんだけどなあ……。それだけクリアクリスの才能が凄いってことか。

『カラカラッ』

「きつい？」

イエローがクリアクリスの攻撃を盾で捌きながら、顎の骨を鳴らしている。助けてくれという合図のようだ。

なので僕はブラックも呼んで一緒に訓練させることにした。同じように棍棒と木の盾の装備だ。

「あう……お兄ちゃん、どっちから来るのかわからないよ」

「ははは、複数との戦闘は迷ったら負けだぞー」

一対一だとそつなくこなせるけれど、複数の敵だと大変みたい。

「こっちから先に動いて、相手の動きを引き出したらどうかな。例えば、こっちから攻め込まず後ろに下がれば、相手は追ってくるでしょ？　その時、敵は一直線になりがちだ。そうすれば一対一で戦える」

ちょっと長文でまくし立ててしまったが、クリアクリスはブツブツと呟きながらスケルトン達に向き直った。彼女なりに整理しているみたい。

これ以上何か言っても頭がこんがらがってしまうだろうから、あとはスケルトン達に任せて壁作りに戻ろう。


しばらくして、村を囲うように配置した壁が完成した。

北と南に門も二つできた。でもゆくゆく馬車を受け入れることを考えたら、ここから街道までの道を作らないといけないことに気が付いた。

そこで石をタイルのように切って、ペタペタと地面に貼っていくことに。これは根気がいるな〜。

「私のスケルトンにやらせるから、レンはタイル作りに専念してくれ」

するとリッチが助けに来てくれた。手下のスケルトン達を指揮して、僕が山にしたタイルを腕いっぱいに持って、ペタペタと地面に敷き詰めてくれる。

リッチのスケルトンは凄く便利だ。数だけなら到底僕は勝てないね。さっきも壁の建材を運んでくれていたし、頼れる骨さんだこと。

街道までの舗装はあっという間に終わって、村の中にも一通りタイルを敷いた。

冒険者ギルドと商人ギルドも、誘致したいとボクスさんに相談したら、前向きに考えてくれるようだったので、その予定地も確保。

畑とかはそのままなので、まだ壁と道以外は田舎って感じがする。

さあ、あとはみんなの家を綺麗にしたいね。

第四話　こんなところで世界樹？

「コヒナタ～、服が完成した。どうだろうか？」

道を完成させて、少し休憩しようと馬車に戻ると、ニーナさんがやってきた。

「え？　うん、似合ってますよ」

綺麗な作りの白い服を着ていて、くるっと一回転して見せてきた。僕が似合っていると言うと頬を赤くして照れています。

でも、せっかく服を作っても、そんなに露出度高かったら意味ないと思うけどな……。

ニーナさんの服を皮切りに、ダークエルフさん達は続々と服を完成させているようだった。

様子を見に行くと、女の人達が総出で服を作っているから早い早い。糸を出しているスパイダー達の方が疲れている有様だったので、世界樹の雫で労(ねぎら)っておいた。

男衆の服も作られているけど、女の人よりは露出が少ない。

……まさか本当に女性の皆様は露出したいなんてことはないよね？　まあ、僕としては眼福なのでいいんだけどさ。

「そろそろ冬になるし、もうちょっと厚手の服を作った方がいいんじゃないですか？」

「ん？　そうだろうか？　私達的には動きやすくていいんだが」

傍（はた）から見ていたウィンディが指摘すると、ニーナさんは首を傾げていた。

冬か。そういえば、僕がこの世界に来た頃には既に落ち葉があったし、秋のような雰囲気だったのを思い出す。やっぱり、冬は近いみたいだ。

「わかった。防寒着も作っておくか……コヒナタ、蜘蛛達をもうちょっと借りてもいいか？」

「大丈夫ですよ。あんまり無理はさせないでくださいね」

「ああ、すまない。夢中になってしまった。明日から冬って訳でもないからな。ゆっくり作ることにするよ」

ニーナさんの答えを聞いて、僕らのそばにいた蜘蛛達は安堵したように頷いていた。

しかし、服はいいとしても、男衆が作っている家の方は冬に間に合うのかな？

……うーん、やっぱり手伝っちゃダメだろうか。ニーナさんには自分で家を作るなと言われたけど、人の家を作っちゃいけないとは言われなかったよね。じゃあ……。

◇

「うう、コヒナタ～」

「ニーナさん、どうしたんですか？　そんな泣きそうな顔して」

早速、木造三階建ての家を建てていると、ニーナさんが半泣きの顔でやってきた。

全体の骨組みと一階部分はもう完成していて、今は屋根をトントンしているところ。

「コヒナタの家は我々が作ると言ったではないか～」

「何言ってるんですか、これはニーナさん達の家ですよ」

「……ええ～～!?」

僕の家は作っちゃダメと言われたので、僕はダークエルフさん達の家を作ることにしたのだ。僕の家の方は、男衆がせっせと作ってくれているからね。

とはいっても、色々希望があったので設計図と材料は渡して、組み立てをお願いしたくらいだけど。

そうそう、鍛冶の王のレベルが上がって設計図も作れるようになったのだ。

これで、手でコネコネできないような大きなものも楽に作れるようになりました。短時間で三階建てを作れたのもこのおかげ。

これはレベルが上がっていくと、作れる質量が増えるような感じかな？

ニーナさんは家が三階建ての時点で驚いているけど、まだ早い。中に入ったらもっと驚くぞ。

「これは!?」

誘い込まれるかのようにニーナさんは家に入って、驚きの声を上げています。

僕は現代日本の家しか知らないので、家具も現代風なものをしつらえてみた。全部清らかな木で作っているので、温かい波動が周りに放たれている感じがする。

「あ～……何という至福」

ニーナさんは家に入ったきり出てこなくなってしまいました。多分、リビングに置いたソファーのよさにやられたんだと思う。

あのソファーはマイルドシープのフカフカの羊毛を使ったので、一度座ると二度と起き上がれませんよ。僕がそうなりそうになったんだから、あんな家具を知らないみんなは尚更のはず。

僕も毎夜マイルドシープのマクラ君を抱いている。彼の安眠効果は絶大なのだ。

さて、止める者はいなくなったのでせっせと家を建築だ。

柱にはミスリルをふんだんに使っているので、そんじょそこらの壁よりも丈夫です。瓦はないけど日本風の家だ。

一階はリビングに繋がる玄関と、トイレ・お風呂を設置。二階は六畳ほどの寝室を二部屋。三階はテラス付きのリビングキッチンにした。冷蔵庫などの家電も作りたかったけど流石に無理だった。

でも代わりのものはあるんだよね。

「まさか、アイテムボックスみたいな棚が作れるなんてね……」

鍛冶の王のスキルのレベルがCになったことで、何とここまでチートが広がってしまいました。

冷蔵庫のように扉のついた棚は、中がアイテムボックスと同じようになっているらしく、いくらでもアイテムが入る。そして、中に入れたものは時間が止まるので保存が利くのだ。冷たいものは冷たいまま。その逆もできるので、本物の冷蔵庫より便利かも。

この最強の冷蔵庫、僕の家も含めて村の各家に一個ずつ置く予定だ。

ニーナさんのいる家を作り終え、次に着手したところで、今度は別の人がやってきた。

「コヒナタさん」

「あれ、ボクスさん。どうしたんですか？」

「城壁から村の者達の服まで、あなたは本当にいい人じゃ。……じゃがな、私達はあなたに返せるものがない。恩に報いることができんのじゃ。じゃからもうこれ以上、儂らに良くしないでもらいたい」

ボクスさんは申し訳なさそうにそう言った。

確かに言いたいことはわかるけど、僕としては全然構わないんだよな。

「鉱山をくれたじゃないですか、材料だってそこで採れたものを使ってるんですし、いいですよ」

「……いや、結局あの山はリッチのものだったんじゃろ？　儂らは本当にただ情報をあげただけになってしもうた。不甲斐ないもんじゃ」

ボクスさんは俯いて話す。とても律儀な人だ。でも、リッチと会えたのもその情報のおかげな訳だし、結果的にはスケルトン達もゲットできて、鉱石も手に入って最高の結果なんだよね。

採れた鉱石を本気で売り捌いたら、家どころか国が買えそうだよ。

「家にしたって、これから冬になるから早めに作っておこうと思っただけですよ。僕の家は皆さんが作ってくれるみたいだし、それならと思って皆さんの家を作ることにしたんです」

「……そうじゃったか。それならば、儂らの最高のお宝を出すしかないようじゃな」

ボクスさんはそんな不穏(ふおん)なことを言って、自分の家に帰っていった。

最高のお宝って、そんなに凄いものいらないんだけど……。


ボクスさんが去った後、二軒目を完成させた僕はそのままもう一軒を建て始めた。

「コヒナタ様、そろそろ休憩いたしましょ」

「そうですよコヒナタ様」

黙々と三階部分を製作していると、ダークエルフのご夫婦が声をかけてきた。

「あ~すいません、つい夢中になっちゃって。じゃあお言葉に甘えて」

もう辺りは日が傾いて夕方になっている。ありがたく一階のリビングで休憩することにした。

「コヒナタ様、ありがとうございます」

「あなたのような人族が世界にいるとは思いませんでした。本当に感謝しております」

ここまで感謝されると、この村のダークエルフさん達はどれだけ迫害されてきたのだろうと思ってしまう。初対面で襲いかかるなんて、酷い冒険者もいたもんだよ。

それに加えてこの世界、特に貴族や王族にはいいイメージないもんな。あ、もちろん、テリアエリンの女王になったレイティナさん達は除くけどね。

「ささっ、お茶をどうぞ」

「今日は小麦のクッキーがあるんです。食べてください」

ご夫婦は手厚く僕をもてなしてくれた。

すると家の扉が開いて、多くのダークエルフさん達が入ってきた。

あっという間に、二階部分も使ってのちょっとしたパーティーになっちゃいました。

ウサギの姿焼きとか鳥の丸焼きとかが出てきてびっくりしたけど、食べてみたら美味しかったです。でも、今度からはちょっとでいいから見た目を気にしよう。

しかし、ダークエルフの女の人は綺麗だな～。褐色の肌が光を反射していて輝いているんだよね。服も数が揃ってきていて、色んな格好をしているのも良い。

一方で、男の人もイケメンで、ちょっと中性的な顔立ちをしていて綺麗なんだよね。こんな中に僕がいると浮いている感が否めない。

「お～、捜したぞコヒナタさん」

みんなでパーティーをしているとボクスさんが再び現れた。手には何やら大事そうに鉢植えを持っていて、大きな花が一輪咲いていた。

「その花はどうしたんですか？」

「ふっふっふ、これが〝最高の宝〟じゃよ。ただの花ではないぞ」

得意げなボクスさん。周りのダークエルフさん達も注目している。

「これは、世界樹の花じゃよ！」

世界樹の花⁉　聞いたことがない。僕のボックスに入っている枝とも違うみたいだ。

「この花は、やがて実をつける。その実はつまり……」

「種？」

「その通り！」

世界樹の種ってことは、その名の通り世界樹が生えちゃうってことだよね？

「そんな貴重なものをもらっていいんですか⁉」

「いいんじゃよ。……実は世界樹は今、このような姿になってしまっていてな」

「え？　ってことは今、木としての世界樹はないってことですか？」

ボクスさんの言葉に首を傾げながら疑問をぶつけると、ボクスさんは目を伏せて俯いてしまった。

何かよくない理由があって、世界樹は一度無くなってしまったみたいだ。

でも、そうなると疑問が残る。僕のアイテムボックスに入っている世界樹の枝のことだ。

街で道端を掃除するだけという入手方法はともかく、アイテムとして世界樹の枝が手に入るのに、世界樹そのものは存在しないって変じゃないか？

いやそもそも、採取の王のスキルで上位互換されているとはいえ、ただの木の枝が世界樹にランクアップする時点でおかしいんだけどさ。冷静になって考えると、色々疑問が浮かび上がってくる。

「これこそ、コヒナタさんに相応しいものではないかな。どうかお納めくだされ」

「別に恩を返そうとは思わなくていいですよ……？」

ボクスさんは両手でぐいっと世界樹の花を差し出してきた。

僕はしぶしぶ受け取る。善意でこんなものを出されて、突き返せるほど僕は偉くないからね。

「ありがとうございます。それにしても、綺麗な花ですね」

「そうじゃろう。通常はダークエルフである儂らの元に現れることはないのじゃが……今のハイエルフ達の状況を考えると、然るべきことなのかもしれん」

言われてみれば、確かに少し変だ。ダークエルフっていう種族があるからには、エルフとかハイエルフとかいるもんね。普通はそっちの種族の方が持っていそうにも思える。

それが何でこんなところに？

「ハイエルフは希少な種族でな。その美貌も相まって、人族の貴族や王族によって多くが奴隷にされてしまっておるのだ。もちろんそうでない者もいるのじゃが、みんな隠れて暮らしておる。彼らは種族としての存続が難しい……世界樹はそれで儂らの前に現れ、甦ろうとしているのかもしれん」

なるほど、世界樹は託す相手を選んだ訳ね。

でも、おかしいな。ハイエルフっていうと、いわばエルフの上位種でしょ？　人間やエルフより強いんじゃないのかな？

それを尋ねると、ボクスさんはさらに暗い顔になった。

「本来ならば確かにそうなるのかもしれん。じゃが、エルフは我々より格段に数が多い。彼らは人族の真似をして国を作り、エルフだけが真のエルフだと言ってな。ダークエルフもハイエルフも迫害したんじゃ。儂らもそれで、このような流浪の生活を余儀なくされてしまった」

「みんな抵抗はしなかったんですか？」

「儂らはともかく、ハイエルフなら対抗する力はあったはずじゃった。だがエルフは最初に、一番強いと言われていたハイエルフの長を、不意打ちで捕まえたのじゃよ。牢獄石は知っておるか？あれで魂を封じ、体は海に沈めたそうじゃ。残りの者は散り散りに逃げ延びたが……そうなってしまっては、もっと数が多くて厄介な人間に捕まるのも、仕方あるまい」

なるほどね。一番強い人を仕留めておいて、あとは数で制圧か。やることが汚いなあ。

しかし、そんなところでも牢獄石が使われているんだね。ハイエルフですら壊せなかったものを僕は簡単に壊してしまったのか……恐るべし、王シリーズのスキル。

「……あの方が生きておれば、こんなことにはならなかったかもしれんな」

「大変だったんですね」

人もエルフも、立場が強い人はどうしてこうも碌でもないんだろうか？

エルフは人数が多いから国を作ることができたけど、プライドが高過ぎて他の種族を認めなかった。ハイエルフもダークエルフも、全員守るという選択肢はなかったのかなあ。

「はあ、何だか僕も、この世界を旅するのが億劫になってきましたよ」

大きくため息をつく。元の世界も差別とか迫害で苦しんでいる人達はいたけど、変な話、自分で知ろうとしなければその存在を知ることは少なかった。

それは知らなければ楽ってことでもあった訳で、こうして知ったからには、憤りを感じてしまう。自分の手の届くものは、正していければいいなと思った。

「コヒナタさん！　花が！」

「え？」

目を瞑ってそんなことを考えていると、ボクスさんが大きな声で叫んだ。周りのみんなが僕の持っている花に目を奪われている。

僕が持ったからなのか、世界樹の花がユラユラと揺れて花びらを落としている。

ダークエルフさん達はそれを見て、目を見開いて驚きの声を上げた。花が散ってしまうのは確かに悲しいけど、どうしてそんなに……いや、どうやらそういうことではないみたい。

「世界樹の花は、時が来なければ花が散ることはないんじゃ。過去には五百年散らなかったという言い伝えもある」

そりゃあ驚く訳だ。このタイミングで散るなんて、なんでだろ？　そう思っていると……。

「おっとっと!?」

突然、僕は体が前方に引っ張られるのを感じ、椅子から飛び上がった。

「どうした？」

「いや、何か引っ張られるんです……」

まさかとは思うけど、この花がそうしてるのか？

踏ん張ってもしょうがないので、そのまま家の外へと歩いていく。ボクスさん達も怪訝な様子でついてきた。

「あれ？　レンレン、パーティーはおしまい？」

「私達も参加しようと思ったんだが……何してるんだ」

パーティーに加わろうとしていたらしい、ウィンディとファラさん達とも合流。

「いや、この花が外に引っ張っていくんだよ」

「ええ、そんなことある？」

みんな、首を傾げている。僕も疑問だらけだけど仕方ないよね。

「どこに連れていく気なんだろう」

「村の中央に向かってるみたいじゃない？」

村の中央というと、僕の家の予定地だ。ダークエルフさん達が屋敷を建ててくれている最中。

十字に道路が交差していて、ちょっとした広場になっている。ご厚意でこの場所にしてくれたのに、逆に道路工事で立ち退きを断ったみたいな感じになっていてちょっと落ち着かない。

ってまさか、花は僕の屋敷に連れていくつもりなのか。

「あれ？　コヒナタ様、どうされたんですか？」

屋敷は現在も男エルフさん達が作業中だった。僕に首を傾げて尋ねてくる。

「家はまだ建ってませんよ。あなたほどは早く建てられないですから……」

男衆が困惑しているのをよそに、骨組みだけで床板もない大きな屋敷に入る。

「いや、この世界樹の花がね……」

すると、屋敷の中央に来たところで引っ張られる力が無くなった。

「ここですかな？」

ついてきたボクスさんが言う。

「ですね。でも、僕の家になる予定の場所ですよね？」

「そうじゃな……」

戸惑ったままボクスさんとそんな話をしていると、持っていた鉢植えから一粒の種が零れ落ちた。

ダークエルフさん達はまたも息を呑んで落ちた種を見つめる。

「これは!?」

「芽が出てる！」

ニョキ！　そんな効果音が出そうな感じで、瞬く間に種から芽が出てユラユラと揺れた。

え、このままでいいのかな？

「村長、すぐに水を……」

他のダークエルフさん達は焦っている様子。

「そうじゃな。いやしかし……確か言い伝えでは、普通の水は適さないとされていたはずじゃ。世界樹の葉で作った雫でなくては。何せ、代替わりを前提としておるからな。じゃが儂は雫までは持っておらん……」

「あ！　僕持ってます」

「「……ええ～～～～!?」」

雫をアイテムボックスから取り出して見せると、ダークエルフさん達が驚きのあまり叫んでいます。今日はみんなの色んな顔が見られて楽しいな～。

「だから今、種を落としたということか……コヒナタさんお願いできるかな？」

「いくらでもあるから大丈夫ですよ」

「い、いくらでも……」

呆然としているボクスさん。実際、雫も枝も五千個以上あるので、いくらでもあげられるのだ。

ちなみに清らかな水は一万を超えています。水を触るだけで取れるので勝手に増えていく感じ。

それを考えると、採取の王のレベルがまだ上がらないのは驚異的だね。

「では……」

ゴクリッ！

周囲の人達が唾を呑み込む音が、骨組みだけの屋敷に響いた。建築作業をしていた人達まで近寄ってきて見守っている。

ファラさん達は屋敷の外で見ているみたい。というかもう屋敷がいっぱいで入れないのだ。

渡した雫を、ボクスさんが震える手で芽に注ぐ。

芽はそれを受け止めた途端大きく伸びて、屋敷の骨組みを越えるほどにまで成長した。

「「お～！」」

ダークエルフさん達はそれを見て大きな歓声を上げる。

「あとはコヒナタさん、頼むぞ」

「え？　僕？」

雫の入った瓶を僕に渡しながらそう言ってきたボクスさん。僕があげるの？　何だか怖いんだけどな～。

「わかりましたよ……」

しぶしぶ了承して僕は雫を受け取る。するとボクスさん達が屋敷から離れて祈り始めた。

そうか、もっと成長したら幹が太くなる訳だから、雫をあげたらすぐに離れないといけないんだな。

「いきますよ～」

「「おお～」」

僕が手を挙げてみんなに合図を送ると、みんなも声を上げて答えた。

一つ息をつき、意を決して残りの雫をバシャンとぶちまけた。一瞬で僕はその場から離れようとしたんだけど、それは叶わなかった。

「のわ～⁉」

僕は確かに見た。

雫が芽に当たるより前に、長くなった芽から何か、手のような枝が伸びてきて僕を掴んだのだ。

そして、みるみるうちに僕は天高く、芽の成長にあわせて連れ去られてしまった。

多分世界樹は、もう最初の一滴で成長できていたんだろうなと思いました。

「「おお～～」」

地上のダークエルフさん達の声が小さくなっていった。


「たか～い……」

雲が触れるほど高く昇ってきてしまった僕。巨大な葉っぱの上に乗っかっていた。

下を見ると、ダークエルフの村が霞(かす)んで見える。世界樹という名前のイメージから、大きく横に広がるものだと思ったんだけど、かなり縦に伸びているみたい。

これだと遠くからも丸見えだ。あんまりよその街から見えるのはよろしくないと思うので、ちょっと不安。ただでさえ迫害されているダークエルフなのに、世界樹を所有しているとなったら絶対火種になっちゃうよね。

「さて、どうしよう？」

さっき僕を掴んでいた枝を退けて、丸太の何倍も太い幹に掴まりながら辺りを見回す。

流石に飛び降りたりしたら、チート装備でも無事でいられるとは思えない。

「どうやったら降りられるんだろう……あ、そうか。蜘蛛を出せば行けるかも」

今蜘蛛達はニーナさん達のところに出払っているけど、それを一匹帰還させてここで再召喚すれば、問題なく降りられそうだ。

あの子らの糸はかなり丈夫だし、枝に巻き付けてからぶら下がっていけばいい。

「じゃあ、再召喚して……」

「待ってください」

「えっ？」

ジェムを取り出そうとアイテムボックスをゴソゴソしていると、上の方から声がかけられた。

そちらに目をやると、女の子がトントンと葉っぱを踏みしめて降りてきた。

「あなたと二人で話したくて来てもらったのに、帰ってしまわれたら困ります」

少女はそう言って、僕が包まれていた葉っぱに座った。少女の服も、葉っぱでできているような見た目をしている。髪も緑色で艶めいていた。

「君は？」

「私は世界樹そのものです。名前はまだありません、なので、つけてくれませんか？」

「世界樹……え、僕が？」

少女の言葉から、大体は予想していたけどまさか本当に世界樹だとは。

「ええ。名前を……」

「そ、そんな急に言われても」

クリアクリスの名前を決める時もそうだったけど、僕のセンスはあまりよろしくないからなあ。

「うーん、世界樹って伝説の木だよな。伝説……レジェンドツリー、とか？」

「……」

僕が幹に背を預け、顎に手を当てて考え込むと、世界樹の少女は正座でじっと様子を見てくる。

二人で話したかったから連れてきたとか言っていたけど、名前をつけてほしかっただけなのかな？

「うぅ、あんまりいい名前が浮かばないよ……みんなと相談させてくれない？」

「あなたはとても優しいですから、仕方ないですね。でも、一人で考えてほしいんです。それもあってここに来てもらったんですから」

クスクスと笑いながら少女は言った。

「わかった……あと、話って言ってたけど、どういう用なのか聞いていい？」

「あなたはとてもユニークな力を持っています。その力で、この世界を救ってほしいんです」

何だか、僕が間違われた勇者召喚と関係がありそうな話だ。

「……それが、僕だけを連れてきた理由？」

「はい。下にいるダークエルフ達の長が言っていましたよね、必要な時に世界樹は種になって甦(よみがえ)ると。その時が来たのです」

あのいけ好かない宮廷魔術師のマリーや、王様達が勇者を召喚したのは、国として戦力を欲しがってのことだったと聞いている。

だけど、勇者っていうからには本来世界全体を守る者な訳で、目的もそういう、世界を救うとか魔王を倒すとかのはず。そういう意味合い無しに召喚できてしまうっていうのは、普通はないと思うんだよなあ。

まあ、間違いだったの一言で片付いちゃうのかもしれないけどね。

「私はこれから世界を穢(けが)れから守るために動きます。地に根を張って、穢れからこの星を守ります。だからあなたには、穢れが率いているエルフ達を救ってほしいのです」

「ええ……穢れ？　エルフ達？」

話がどんどん大きくなってしまってわからない。

さっきのボクスさんの話で、エルフ達が他種を迫害しているのは知っているけど、そのエルフ達自身も何か大きなものに操られていたってことなのかな？

僕らの世界では、エルフっていうといい者扱いの方が多い気がする。本当はこの世界のエルフもいい人なのだろうか。

　助けられるなら助けたいけど、僕にそれができるのかな？

「私に与えてくれた雫……あれはとても清らかな力を秘めています。それなら、エルフ達の呪縛を解くことは容易なはずです」

「僕の持っている雫は、普通の雫よりも強いの？」

「はい、間違いなく。レン様の雫なら深淵の世界ですら、一リットルもあれば聖域にできてしまうでしょう」

　何だかよくわからないけど、僕の雫はとても凄いもののようです。

　しかし、まさか世界樹なんていう存在に様付けで呼ばれるとはなあ。

「レン様はとても凄い方なのですよ。あなたの力があれば、世界全体が大きく変わるでしょう」

「ちょっと待って。その『様』って呼び方、できればやめてほしいな。何だかむず痒い」

「ダメです。本当ならば私の創造主なのですから、この世界の王になっていてもおかしくないんですよ？　これでも配慮している方です」

　世界樹さんは頑なに僕を様呼びするそうです。ダークエルフさん達にも様呼びされているからいいんだけど、世界樹さんだからな。

「……名前はもう少し考えてみてください。私はしばらく自分の強化に入ります。幹に手を当ててくれれば、転移で地上とここを行き来できます。私と話したい時は触ってください」

世界樹さんはウインクして言った。

「わかった。穢れのこととか、色々聞きたいこともあるからまた来るよ」

穢れの話は、みんなには言えないよね。世界樹さんも情報が漏れるのを恐れている感じだったし。もし今の段階で敵に大きく動かれるとまずいってことなんだろうな～。

正直、面倒くさいといえばそうなんだけど、この世界の人々は嫌いじゃないから面倒見てあげよう。装備もこの世界の最高クラスを作りまくって、敵は圧倒的火力でねじ伏せて見せましょうかね。ふっふっふ。

世界樹の幹に触れて、僕は転移で地上に戻ってきた。

「レンレン大丈夫だった？」

みんな僕へ駆け寄ってきた。心配してくれていたみたいで嬉しい。

「大丈夫だよ。ただ空が綺麗だっただけ」

世界樹との話は黙っておいた。でも、ルーファスさんとファラさんにだけは言ってもいいかもしれない。流石に一人でしょい込むには重たい話だし。

エルフ族が丸ごとおかしくなっているんだとしたら、大事件だ。この世界を根底から覆すような話じゃないのかな？

「あのーコヒナタ様、作っているお屋敷なんですが、世界樹様が屋根をぶち抜いてしまって……」

「ああ、了解です。材料を置いておきますよ」

「いえ、そうじゃなくて。もうちょっと時間がかかってしまうかも……」

「あ、何だそれなら大丈夫大丈夫」

おっとっと、早とちりでダークエルフさん達に気を使わせてしまうところだった。

ダークエルフさん達はみんな謙虚なんだよな～。ニーナさんの教えのおかげだと思うけど、もうちょっと頼ってくれていいのになあ。

「コヒナタ、この世界樹はどういうことだ？」

考えたそばから、そのニーナさんがやってきた。家のソファーからやっと脱出したみたい。

今度は白いシルクのワンピースを着て、驚いた様子で世界樹を見上げている。また新しい服ができたのかな。

それにしても製作が早いな～。機織り機みたいな道具があるのかな？

「ニーナさんその服も似合ってますよ」

「そ、そうか？　……って違う！　この世界樹は？」

褐色の肌に白いワンピース、最高です。でも褒めたら怒られてしまいました。

「ねえねえその服、どうやって作ったんですか？」

「えっ、これはコヒナタの貸してくれた蜘蛛達の糸を紡(つむ)いで……」

「わあ、綺麗！　私も欲しい～」

「本当だね。クリアクリスにも似合いそうだ」

「ほしいほしい！」

ニーナさんの服に女性陣が飛びついた。ウィンディが歓声を上げ、ファラさんとクリアクリスも見入っている。

世界樹の話はどこへやら、みんなあれこれ話しながらニーナさんを連れていっちゃいました。まあ、世界樹の件を有耶無耶（うやむや）にできたからいいや。

「――それで？　上で何があったんだ？」

「ルーファスさん……ここじゃ何だから馬車に戻りませんか」

またしてもいつの間にか隣にいたルーファスさん。とりあえず、彼にだけ世界樹との話を伝えよう。ファラさんは……行っちゃったからまた後でだな。


僕らの馬車に戻り、ルーファスさんに世界樹との話をした。

「そうか、エルフ達が……」

ルーファスさんの顔は驚きと戸惑いに満ちていた。

この世界の住人じゃない僕でも驚きだよ。あの話が本当なら、ダークエルフ達を虐（しいた）げていたのもそのせいだったんじゃないかな。

「ダークエルフ達が世界樹を持っていたこと自体驚きだったが、そういうことだったんだな」

時を待っていたという世界樹さん。仮にエルフ達に存在がバレても、人族の国に囲まれているこの辺りなら、そうそう邪魔はできない。確かにいいタイミングだったのかもね。

「まあ、何故今芽生えたのかについては、レンが関わってんだろうけどな」

「えっ、僕？」

ルーファスさんは僕を見て、当たり前だという風に頷いている。

世界樹は確かにそんなようなことを話していたけど、僕的には疑問なんだよね。

異世界人で、まあ、ちょっと規格外のアイテムを作れる訳だけど、それだけだ。不死身とか、何か祝福を受けているとかじゃないからなあ。

「レンの力は今のこの世界でトップと言っていい。そして性格も申し分ない。世界樹はそれを見て甦ったんだろう」

わあ、ルーファスさんはすっごく僕のことを買ってくれているみたいです。腕を治してあげただけでそんなに尊敬されてもな。

「とりあえず、村の警備を当分やっていくんだろ？」

「そうですね。動きがあるまではこの村に留まるつもりです」

旅はしたいけど、冬が来そうだし、ダークエルフと世界樹は守らないと、この世界の行く先が不安だからね。

「冒険者ギルドには、あと二、三日で知らせが行くだろう」

「ああそっか、グンターさんが街に着きますもんね」

「ああ」

［鋼の鉄槌］のリーダー、グンターさんのことを忘れていた。今朝街道を調査しに来て、今はバライクラスの街に帰っている最中のはず。

その後は、ダークエルフの村の存在が色々なギルドへ知れ渡ることになる。ダークエルフさん達にとってはあまりいいことじゃないんだけど、そこはしょうがないよなあ。

「ダークエルフさん達は、僕のやっていることは受け入れてくれてるけど、他の人族との関係はどうするつもりなんでしょうね？」

「本当は人里から離れていたいだろうが、それじゃダメだとわかったんだろ。本当の平和を手に入れるには俺達人族と関係を持たなくちゃいけないってな」

森に隠れ住んでも、いつかは冒険者か、あるいは盗賊みたいな碌(ろく)でもない人に見つかっちゃうもんね。

「人に認知された方が平和は近いってことか……」

長く生きていたからこそ、そこに行きついたってことかな。

集団を率いるっていうことは、そういう決断もしなくちゃいけないんだよね。ボクスさんは尊敬できるダークエルフだよ、ほんと。

「あの村長はなかなかできる男だよ。どの道を選べばいいのかわかってるんだ。レンは気付いてたか？」

「えっ、何にです？」

「ここのエルフ達はみんな若いんだよ。あの村長以外、百歳いってないんだ」

「……？」

「ピンときてないみたいだな。まあ、エルフのいなかった世界から来たお前じゃ、しょうがないか」

ルーファスさんはヤレヤレと首を横に振った。若いエルフだと何が違うんだろう？

「百年も生きてりゃ、見識はもちろん増えるが恨みも多く抱えるもんなんだよ。何せ人族なら、生まれてから死ぬまでが収まる長さだからな。他の種族と憎しみ合うきっかけも多い。だが逆に村長以外の若いエルフは、この世界をまだそれほど憎んでないんだ。だから、村長が融和的な考えを出しても反対する者は少なく、俺達をすんなり受け入れられたんだよ」

「世界を知らずに済んでるってことですか？」

「まあ、端的に言えばそうなるな。俺達人族もそうだが、長く生きれば生きるほど、この世界の醜さが見えてくるもんだ。俺もまあまあ歳を食っている訳だが、人間っていうのは汚い生き物だって思うしな」

う～む、何だかこの世界の闇を感じるね。魔王とかのわかりやすい悪はいないけど、他の種族との軋轢が憎しみを育ててしまうってことか。

「もちろん若い連中も、迫害に関わったエルフ族、そして人族のことを憎んではいたが、悪意を見せない人族、つまり俺達を襲うほどじゃなかった。幸運だったな」

僕達はその憎しみが育っていなかったニーナさん達に会ったから対話できたけど、憎しみが育ち切ってしまっていたら、どうなっていたかわからない。多分、血を見ることになっただろうね。

村長のボクスさんがまだ平和を信じていた人だったから、ニーナさん達と仲良くできた。

きっと色んな経験を積んで、平和には対話が必要だと思っていたんだろうね。もし若いエルフ達がもっと上の年齢だったら、下手するとボクスさんと言い合いになったり、内乱が起きたりしていたかもしれない。

「村長は若いエルフを率いて、人族との懸け橋になろうとしている。ダークエルフだけでなく、各エルフ族を代表するくらいのつもりで人族と関わろうとしているんだ」

ルーファスさんは顎に手を当ててそう言った。

ボクスさんはそこまで考えて僕を受け入れてくれたのか、凄いなあ……。でも、世界樹さんの話だと今のエルフ達はきな臭いから、まだ時間がかかるだろうな。

「レンが聞いた世界樹の話が本当なら、ちゃんとサポートしてやらないとな」

「そうですね」

ルーファスさんもエルフ達のことが気掛かりなようだ。もし操られているようなことになっていたら、エルフ達の気持ちなんて関係なくなってるだろうからね。

「まあ、とりあえず、今はこの村を守ることに専念しようぜ。俺は警備に戻るよ」

馬車から飛び出したルーファスは村を出て街道の方へと走っていった。

そうだよね。難しく考えすぎるのもよくないか。

しかし、ニーナさんと知り合って、鉱山に行って、最後は世界樹か。長い一日だった……。とにかく今はリッチにも頼んで、警備に力を入れていこう。

まあ、僕はまず家の建設だけどね。生えちゃった世界樹、どうしよう？

第五話　来客

「だいぶできてきたな～」

この村に来て、三日ほどが経った。

最初はとても原始的だった村が、今では多くの家が立ち並んで道路も舗装され、村というより街と呼ぶべき規模にまで成長しました。人口は変わっていないけどね。

凄まじい数がいるリッチのスケルトンを〝人口〟に含めるかはちょっと微妙なところだ。

「レン、お客さんだよ」

「えっ？」

建て終えた家の手直しをしながら、屋根から街を見ていると下から声がかかった。

見ると、ファラさんとクリアクリスが仲良く手を繋いで僕に手を振っている。

ファラさん達の後ろには見たことのある人が。

「よっ！　久しぶり」

「あれ、エイハブさんじゃないですか」

僕を見上げて笑顔で手を振ってくるイケメンおじさん。テリアエリンに戻っていたはずのエイハブさんだった。

エイハブさんは綺麗な白銀の鎧に身を包んでいて、衛兵というよりは騎士といった風貌(ふうぼう)になっていた。

「どうしたんですか突然」

僕はすぐに屋根から飛び降りる。

完成した自宅にエイハブさんを案内して、一階のリビングで向かい合ってソファーに座った。

「おう。エリンレイズの領主の不正を暴いた後、レイティナ――おっと、今は女王様か。彼女に今回までのことを報告しに行ったんだが、レンを脱走させたことを称(たた)えられて騎士に昇格したんだよ」

「ええ⁉」

僕を逃がしたことで昇格っておかしくない？

ああでも、一緒に僕らを逃がしてくれたレイティナさんが女王になったんなら当然なのかな。

「まあ、その詳細はまた今度だな。それよりも、ダークエルフ達の街を作ったってのは本当だったんだな。ギルドにも知らせが来ていて、ここら辺の街は大騒ぎだぞ」

実は街の整備が一通り済んだ後、僕はエリンレイズのハインツさんの宿にいる精霊、リージュを呼んでいた。

そして転移してきた彼女に、ギルドを誘致するための手紙を託し、ギルドに届けるようにお願いしたんだ。転移持ちが友達にいると本当にありがたいよね。

「この守りなら魔物や盗賊に襲われる心配はなさそうだが、外交の後ろ盾が必要だろうな。レイティナは手を挙げているが、テリアエリンは冒険者達に頼っている面が大きいから、国としては弱い。そこで、俺がレイズエンドにいるレイティナの親父さん、エルドレット様に話をつけようと思っているんだが、どうだ？」

「本当ですか、そうしてもらえると嬉しいです」

「わかった。一つ頼みがあるんだが、交渉するために世界樹の枝を何本か欲しいんだ。いいだろうか？」

何と、世界樹の枝は国同士の交渉にも使えるようなアイテムなの？　やっぱ凄いものなんだな。

「いいですよ。捨てるほどあるので」

「……今ので、それだけ枝が凄いものだってわかったろ、そんなに簡単に決めていいのか？」

「エイハブさんが必要って言うなら使ってもらった方がいいですよ。それに、実際ダークエルフがエルフに狙われる可能性は高いですからね」

ギルドに存在が知れ渡ったのなら、エルフの国に知られるのもそう遠いことじゃないだろう。絶対に何かしら妨害は入るよね。それから守ってもらうには諸外国の力が必要ってことだ。

「極端な話、エリンレイズの属国になってしまえば簡単なんだが、ダークエルフは人を嫌っているだろ。それに俺は、誰でも簡単にエルフの国に入れるっていう状態があんまりいいとは思えない」

「そうですね……そこは僕も同感です」

「だろう？　できればそれなりに国境で厳しい審査があって、それを通して人の行き来をさせた方がいいと思っている。……そこでだ」

エイハブさんはそう言うと一つの丸い水晶を取り出し、机を挟んで向かい合う僕の前に置いた。

「普通の街じゃ、冒険者ギルドのカードといった身分証明を見せるだけなんだが、エルフの国なんかじゃ、こっちの水晶を使うんだ。触れた人物が危険な奴かそうじゃないかを判断してくれる。試しに手をかざしてみろ」

エイハブさんに言われた通り、僕は水晶に手をかざす。すると水晶は白に色を変えて光りだした。

「まあこんな感じで、レンなら真っ白に出る。あの悪徳領主だったコリンズなら、だいぶ黒い色になるだろうな。要は、いい奴のふりをして街に入ろうとする奴も見抜いてくれるってアイテムだ。枝をもらう代わりにこれを五つ、街に献上しよう」

「あ、じゃあ雫もつけますね」

「……ああ」

僕の言葉を聞いて呆れるエイハブさん。ファラさんはもう慣れた様子で苦笑しているけど、エイハブさんは「未だに慣れないな」とか言ってます。精進してほしいなー。

ということで、やっぱりダークエルフの街は色んな街で知られてしまったみたい。これから大変になりそうだけど、ボクスさんが頑張ってくれるでしょう。

◇

レンがエイハブ達と再会する少し前。

バライクラスの街では、行方不明者の捜索に駆り出されていた［鋼の鉄槌］のリーダー、グンターがギルドへ報告をしているところだった。

「――そういう訳でな。例の失踪した馬車の連中は、街道沿いで村人を襲って返り討ちに遭ったようだ」

「そうですか、ご報告ありがとうございます。ただ、その返り討ちにした村人というのは？」

「……ダークエルフだ」

グンターの答えに、考え込む受付の女性。

ダークエルフと聞いて、襲った側の狙いに思い至ったのだ。エルフよりもさらに希少で、奴隷としても価値が高いダークエルフ。襲われてもおかしくないといった様子だ。

「ダークエルフはここエリンレイズの間に街を作るらしいんだ。できれば、内密にしてほしい」

「そうですね。彼らが自衛できるようになるまでは、秘密にした方がよさそうです」

女性はそう言って、ギルド本部への緊急の報告書をしたためる。そして別の報告書と重ねて、グンターの出した冒険者カードを確認して、その場を後にした。

本来なら、この報告書は厳重に保管され、本部に送られるまで誰の目にも触れないはずだった。

しかし、この街にも腐敗した人物は巣食っていた。その男は、雇った部下をギルド内に潜伏させ、様々な情報を盗み見ていたのだ。

「ダークエルフ！　ダークエルフだと⁉」

部下からとびきりの報告を受け、狂喜する男。豚のようにブクブクと肥え太った彼は、名をアーブラ司祭といった。

「それは本当か⁉」

部下が頷くと司祭は目を輝かせ、早速兵を集めるよう指示を飛ばした。

アーブラ司祭は、かつてのエリンレイズでのカーズ司祭と同じように、私利私欲のために回復魔法を悪用している男だった。

所属する教会、星光教会の幹部でもあり、中でも最も多くの私兵を保有していた。

「ダークエルフ……人呼んで、黒きダイヤ。ぐふっ、ぐふふふふ」

絶対的な兵力への自信から、既にダークエルフを手中に収めたかのように笑い、涎を堪える。エルフというだけでも希少なのに、ダークエルフである。それも村を形成できるほどの数。アーブラ司祭の欲を刺激するには、十分な材料だった。

司祭はすぐさま侵攻の準備に取り掛かった。

そこにレンがいて、とっくに街が要塞のようになっているとも知らず……。

◇

エイハブさんと話して間もなく、街の家作りが完了した。

そこで僕らと街のみんなで、ボクスさんの家に集まりパーティーをすることになった。

ダークエルフさん達が料理してくれて、長机の上にいっぱいの料理が並ぶ。今度は僕も食材を提供したので、美味に違いない。

料理を運んでいるのはニーナさんと女性ダークエルフさん達。どうやらメイド服を作ったようでみんなメイド服を着ているんだけど、相変わらず露出度高めなので目のやり場に困ります。

「それにしてもエイハブさん、戻ってくるの早かったですね？」

「ん？　ああ、そのことか」

ソファーに座って食事をしていると、隣にエイハブさんが座ってきたので、疑問に思っていたことを聞いた。

「テリアエリンで騎士にしてもらった後、シールに一番速い馬をもらったのさ。エリンレイズに戻ったらみんな旅に出ていたから、ちょっと間に合わなかったがな」

シールさんか、テリアエリンで僕が馬車を買った時、馬も一緒にくれた女性だ。

懐かしいな。あの街にいたのもそんなに前のことじゃないけどね。

「ああそうだ、イザベラも元気になってたぞ」

「あ、コリンズの親友の娘さんですね」

カーズ司祭に嵌められ、牢獄石に長い間囚(とら)われていた女の子だ。

意識を取り戻してからもしばらくは療養が必要で、僕らが街を出る時もきちんと挨拶はできなかったんだけど……エイハブさんが見舞いに寄ってくれたみたい。

「コリンズにはただただ呆れましたけど、あの子は元気になってくれてよかった」

「本当だな」

「お兄ちゃん……」

ずっとエイハブさんと話していたら、のろのろとクリアクリスがやってきた。

「どうしたの、眠いの？」

彼女は答えないけど、座る僕の足にそのまま頭を預けて、まぶたを擦(こす)っている。

あんまり眠そうだから、見ているこっちまで眠くなりそうだよ。

「レン、寝かしてやったらどうだ？」

「……そうですね。ボクスさん、上の階の寝室を借りていいですか？」

エイハブさんに促され、僕はパーティーの中心にいた村長に声をかけた。

「いいも何も、この家を作ったのはコヒナタさんじゃろ。自由に使ってくだされ」

快諾してくれた。作ったのは確かに僕だけど、所有者はボクスさんだからね？

ともあれありがたく使わせてもらうことにして、すっかり目を瞑ってしまったクリアクリスを抱きかかえて二階へ上っていく。

二階には三つ部屋を作ったけど、どれも一人部屋とは思えないほど広い。こんな家に住みたいなって思って作ったんだけど、広すぎて今は少し落ち着かないです。

起こさないように、クリアクリスをそっとベッドに寝かす。

「お兄ちゃん……私、役に立つよ……」

「ん？」

寝言だろうか、クリアクリスが呟いたかと思うと、静かに寝息を立て始めた。

役に立つ、どうしてそんなことを言ったのだろうか。いるだけで天使だというのに……。

「彼女は彼女なりに何かと戦っているんだよ」

「ファラさん」

　つい触りたくなって、眠っているクリアクリスの頬をつんつんつついていると、部屋の入り口でファラさんが笑っていた。

「何かって？」

「……さあね。こういうことは自分で気付くべきだよ」

「どういうこと？」

　ファラさんはなおもクスクスと笑っています。何だか、からかわれている気分だ。

　彼女のいたずらっ子のような笑顔がとても魅力的で、僕は思わず顔を背(そむ)けた。自分でもわかるくらい顔が熱くなっている。

「どうしたんだ？　レン」

「あっ、何でもないです」

「いやいや、顔が赤いぞ。ちょっと熱を」

「だ、大丈夫ですよ」

「遠慮するな。私とレンの仲じゃないか」

　顔の前で両手をブンブンと振って断ったんだけど、ファラさんは構わず僕のおでこに自分のおでこをつけてきた。

「ん、やっぱり少し熱があるんじゃないか。レンも最近働き通しだろう？　もう一つ寝室を借りて休んだらどうだ？」

「わ、わかったから、自分の家に帰りますよ。みんなには言っておいてください」

「ああ、無理はしないでな」

内心ドキドキしてしまいながら、ファラさんに優しく見送られ、僕は村長の家を後にした。

何だか頭がクラクラするよ。いつもよりさらにファラさんが綺麗に見えてしまいました。


外を歩いて自分の屋敷に着く頃には、何とか頭も冷えていた。

「……さて、寝る前にちょっと製作しますか」

例の世界樹がど真ん中を貫通している屋敷に入り、自分の部屋で製作の準備をする。

あ、もちろんあの後、屋根や壁はちゃんとつけてもらったけどね。建て替えも提案されたけど、結局ここが一番いいということで落ち着いてしまいました。

世界樹とも話せることを考えたら、この場所は便利だしね。

採掘で手に入れたミスリルはだいぶ街の防壁に使ってしまった。まだまだ余裕はあるけどね。

ちなみに防壁は、流石に全てミスリルなのは目立つので、街道への道に使ったタイルを外側に貼り付けて偽装してある。

エイハブさんが来た時に少しの驚きで済んでいたのはそのためだ。いくらベテランの彼でも、ミスリルでできた壁なんて見たら腰を抜かしちゃったかもしれない。

あとはアダマンタイト、これで今後のための武器と防具を作る。

内側に着るチェーンメイルは作ったけど、ちゃんとしたものは作っていなかったからね。

最初にエレナさんからもらった今の鎧が好きだから、いらないかな～って思ってたけど、いざという時に必要かもしれないからね。備えあれば憂いなしっていうし。


「ふ～、できた」

家の外で色んな人達の声がする。どうやらパーティーもお開きみたい。ファラさんには休めって言われたのに結局遅くまで製作ばかりしてしまった。

ミスリルの鎧を、兜（かぶと）も込みで三十セット作った。性能はこんな感じ。

【ミスリルの鎧】STR（筋力）＋200　VIT（生命力）＋400　AGI（敏捷性）＋50
【ミスリルの兜】STR＋50　VIT＋100　AGI＋25

凶悪な性能だ、普通の人がこの装備を着ることはまずないだろうね。

ミスリルの青白い輝きが何とも綺麗な鎧です。エルフに相応しい鎧だと思う。

三十セットも作ったのは、ダークエルフのためだ。みんなを強くしてしまえば何者も恐れないでいいからね。

兜はティアラ型のも別で作ったので、フルフェイスが嫌な人にはこれをつけてもらえばいい。

フルフェイスはどうしても視界が悪くなるから、ニーナさん辺りは嫌うと思うんだよね。ティアラも兜とほとんど同じ性能になったから驚きだった。

あと、武器も作っておいた。

これはダークエルフさん達が元々持っていた弓を、形はそのままミスリルで作った感じ。エルフボウと言われている武器だそうで、二本の弦を交差させた強力な弓だ。和弓のような大きさがない代わりに、弦を二重にしてパワーを確保した感じだな。

ミスリルでしなる素材を作るのは大変だと思ったんだけど、簡単にできました。鍛冶の王はレベルも上がっているので、そういう融通が利くようになったみたい。

ウィンディの弓を作ってあげた時は、世界樹の枝を使ってしなりをつけたけど、今ならアダマンタイトでもしなりが再現できるかもしれません。

流石、鍛冶の王、もう、鍛冶の神でいいんじゃないかな？

家も作って城壁も作った、兵力もリッチに頼れば問題ないし、住民の装備品もこれで大丈夫。防衛どころか、下手な国なら一掃できそうだね……。

「夜も遅いし、寝ますかね」

作ったもの達を片付けて、僕は布団を被った。

ファラさんに言われていたというのにこんなに夜更かしして、まったくいい大人がこれじゃダメだな〜。

でもそう思っていてもやめられないのが、王シリーズのスキル達なのです。

例えば採取の王のレベルを上げたくてついつい掃除をしてしまったり。

この村に来てからも、見かけるとついつい拾っちゃうんだよね。清らかシリーズの石とか世界樹の枝が、永遠にストックされていく。

まあ、本物の世界樹ができちゃったから、そこからも採取できちゃうのかもしれないけどね。

第六話　クリアクリスの悩み

翌朝。

「コヒナター！」

「んあ？　ニーナさん？」

僕が寝室で寝ていると、突然窓からニーナさんが入ってきた。そんなに慌ててどうしたんだ？

「あの魔族の子供がいなくなったんだ。今、ファラとウィンディ達が街の外へ捜しに行っている」

「……ええ～～!?」

クリアクリスが失踪!?　何でいなくなったの。

「コヒナタもすぐに来てくれ、皆、捜している」

「わかった！」

ニーナさんはすぐに窓から出ていった。

確かに、昨日のクリアクリスの様子はちょっとおかしかった。「役に立つよ」と。

真意はわからなかったけど、何かに焦っているようだったな。

僕は昨日のことを考えながら身支度をして、すぐに外へと飛び出した。

「みんな！　出てきてくれ」

ジェムの魔物達を全員召喚、リージュにも来てもらった。

「どうしたのよ突然？」

ジェムの魔物達は喋れないが、リージュが代表して疑問を口にした。

「クリアクリスがいなくなったんだ」

「あの魔族の子か～。強いし、大丈夫じゃないの？」

「クリアクリスはまだ子供だ。道に迷っちゃうかもしれないでしょ？」

正直、リージュの指摘もわかるけど、子供なのは間違いないからね。どんなに強くても心配だよ。

「じゃあ、私が木に聞いてみるわ」

「おお、流石は木の精霊」

ジェムの魔物達は出番がなくて少しシュンとしているが、リージュが凄いだけだ。

リージュが目を閉じて近くの木々に念を送っている間、しばし待つ。

今の魔物達も充分優秀ではあるんだけど、こうやって魔法を使える魔物もジェム化したいなあと思う今日この頃。

そういえば、魔法を使う魔物を見たのは、ウィンディが捕まった時のゴブリンウィザードが最後だ。あっさり倒してしまったけど、実は貴重な魔物だったのかも。

「……ん？　クリアクリス、見つけたけど何か大きなものを引きずっているみたい」

「え？」

大きなものを引きずってる？　言葉の意味がよくわからん。

「魔物みたいだね」

「むむ？」

ということはアイテムボックスにドロップ品が入ってきている可能性があるな。ちょっと見てみよう。

「……サイクロプスだ」

【サイクロプスの眼球】
【サイクロプスの角】
【サイクロプスの棍棒】
【サイクロプスの腰巻】

【サイクロプスのジェム】


驚いた。色んなゲームやアニメで見た、あの一つ目の巨人なんだろうか？

アイテムだけだから魔物の姿は想像するしかないけど、まさかクリアクリスが一人でその巨人を倒したってことなのかな？

とにかく、クリアクリスがいるという方角をリージュに聞き、向かうことにした。

従魔達には、街のみんなやファラさん達に伝言を頼んだ。言葉は喋れない代わりに、彼女の無事を記したメモを持たせたから大丈夫だろう。

そうそう、ちなみに昨日鉱山でウィンディに誤射されていたスケルトンは、一日経ったら復活しました。

もし僕と戦う人がいたら、従魔を全滅させて一日以内に僕にたどり着かないと、無限湧きの地獄を見るということだね。

既に結構な種類の従魔を抱えているのに、たった今サイクロプスのジェムまで手に入ったので万全過ぎる護衛になりそうだ。


しばらくリージュの情報に従ってクリアクリスを追っていたけど、どうやら街に向かっているようなので、先回りして帰りを待つことにした。

北側の門にみんなを集めて待っていると、クリアクリスがサイクロプスの巨体を引きずりながら現れた。あんな魔物と戦ったというのに彼女は傷一つない。

「ただいま～」

やたら元気な表情で、ただいまと声を上げている。無事でよかったけど疑問は尽きない。

「お兄ちゃん！　私が倒したんだよ」

僕の姿を認めると、クリアクリスはサイクロプスを放り出して僕へと駆け寄ってきた。

「私、役に立ったよね？」

それを聞いて、やっと彼女の真意がわかった。

この子は、かつて奴隷として酷い扱いを受けていた。きっとコリンズにも、役に立たないと言われて捨てられたのだろう。だから、人から必要とされることを求め過ぎてしまっていたんだ。

その心の傷が、今回の騒動を起こしてしまったんだね。

「クリアクリス……」

「お兄ちゃん？」

僕はたまらずクリアクリスを強く抱きしめた。

そんなことで僕がクリアクリスを捨てるなんてありえないのに、トラウマがそうさせてしまう。

コリンズはやっぱり許せないな。カーズ司祭に操られていたとしてもこれは看過できない。

今まで接していて、そこまで深い傷を負っているとは思わなかった。コリンズに同情したことを後悔してしまうよ。でも、少しショックだな。

よし！　今後はこんなことにならないように積極的に接していくぞ。

「クリアクリスは僕らの家族。どこにもやらないよ。まあ、本当の両親に帰すまではだけどさ」

クリアクリスの耳元で、はっきりと伝える。

自分で言っていて泣いてしまいそうになる。クリアクリスと離れる時が来るなんて考えたくないよ。もちろん、それが彼女にとっていいことなのもわかっているけれど。

「ほんと？　いてもいいの？」

「ああ、本当だよ」

クリアクリスは、僕の言葉を聞いてしばらくすると、泣き出してしまった。

「はは、サイクロプスを倒しちまうほどの子供を、レンが泣かしたぞ」

「いけないんだ～レンレン」

エイハブさんとウィンディがからかうように言ってきた。でも、彼らも本心ではほっとしているに違いない。

「うわーんクリアクリス！　エレナお姉ちゃんも家族だよ～」

エレナさんも泣きながらクリアクリスと僕に抱きついてきた。意外と涙脆（なみだもろ）かったんだな。新しいエレナさんが見られて何だか嬉しい。

「今回のことは俺達の責任でもあるな。もっとクリアクリスを甘やかすことにするか」

「甘やかすのはレンの仕事だよ」

ルーファスさんが苦笑交じりにそう言うと、ファラさんが僕の背中を叩いてそう言ってきた。

喜んで僕はクリアクリス甘やかし係を拝命(はいめい)します。

「まったく、私達まで心配したぞ。さあ、このサイクロプスはどうするコヒナタ？」

ニーナさんが、クリアクリスの引きずってきたサイクロプスをつんつん指でつついている。そういえばこのサイクロプスは、どこにいたんだ？

「サイクロプスというと、ひと山越えた先の、さらに山の頂上に住んでいるはずだ。クリアクリスはそこまでは行ってないだろうし、こいつははぐれだと思うが……そうじゃなかったら危ないな」

なるほどね。仲間がいるなら、いずれ仇討(かたきう)ちに来るかもしれないってことか。

「まあ、それは置いておいて。サイクロプスは私がもらおう」

不意にリッチがそう言って歩いていき、サイクロプスの頭を押さえた。

リッチの手から、紫色の何かが流れ込んでいくのが見える。多分、マナを送り込んでいるんだと思う。凄いなあ、これがリッチの死霊術か。

『グアア～』

すると死んだはずのサイクロプスが、目を紫色に輝かせて立ち上がった。

「しーっ！　クリアクリスが起きちゃうよ」

「おっとすまない」

クリアクリス、静かだと思ったら泣き疲れて寝ちゃったんだよね。

戦力になってくれるのはありがたいけど、ご近所迷惑なのはいただけないぞ。

「街のみんなも、クリアクリスのためにありがとうね」

捜索に加わってくれていたダークエルフさん達にお礼を言うと、みんな笑顔で手を振って答えてくれた。

いい人達だな～。みんな器（うつわ）がでかいんだよな。だからこそ、それに付け込んで貴族とかが悪さするんだ。間違いない。

クリアクリスを抱っこして、屋敷に戻る。村の人達は一応、しばらく警戒に当たるみたい。

僕の予想通り、やっぱりサイクロプスの群れが来るかもしれないいんだってさ。はぐれでも仲間がやられた訳だからね、そりゃ、黙ってられないよね。

しかし、クリアクリスは強いな～。屋敷に向かう間、ファラさんにサイクロプスの討伐ランクを聞いたらAランクだってさ。

それを一人で、しかも無傷で倒しちゃうなんて、うちのクリアクリスは天才なんじゃないかな？

「……お兄ちゃん、大好き……」

「アフッ！」

大好きいただきました。隣でファラさんまで悶えている。

寝言じゃなくて、しっかりと目覚めている時にも聞きたいので思いっきり甘やかします。とりあえず、清らかな果物を使った甘いものをみんなで作ろう。

そして、美味しいと言わせて、大好きをゲット。完璧じゃないか？

◇

私は名前を忘れた魔族。

人間に捕まってしまったの。

気が付いたら首輪をつけられて、牢屋に入れられていたの。

ある日、私は角を折られた。

役立たずと言われて、ある家の前に捨てられた。

力の入らない身体が冷たい地面に冷やされて、私は死ぬんだって思った。

お父さんとお母さんに最後くらい会いたいな。

そう思っていたら、誰かが暖かい布でくるんでくれて、暖かい家に入れてくれたの。

私は体が動かなくて、その人達の顔を見ることはできなかった。

その時の私は、また別の人に捕まったんだと思ってびくびくしてた。

でも、言葉はわからないけど優しい手つきで、誰かが私の頭を撫でて、折れた私の角を触った。

悔しそうな声も聞こえた。それが誰に向けての怒りなのかわからなくて、私はただ怯えていた。

今思えば、この時の私は誰にでもびくびくしていたのかもしれない。

でもその後、優しい手の人は、私の角に金属を押し当てて何か不思議なことをした。信じられなかったけど、角が治されていくのがわかった。

少しすると、私の口にミルクの味が広がって、身体に力が戻ってきたの。

そこでやっと目を開けて周りを見渡すと、二人の男の人と、ちょっと変わった格好の女の人がいた。そして机の上では、温かそうなミルクが湯気を立てていた。

美味しそうと思ったけど、反射的に私は怖くなって、思いっきり壁際に跳んだ。でもその時、首輪がないことに気付いて私はハッとした。

そして、次の瞬間、私の目の前に、メェ～と可愛いモフモフさんが現れた。

――もしかしてここは安全な場所なの？　この可愛い生き物は何？

私はその生き物を抱きしめる自分を止めることができなかった。思わずモフモフさんに顔を埋めてうっとり、私はモフモフさんの気持ちいい感触で夢の中へ落ちていった。

この時の私は安心し切っていたんだと思う。だって、レンお兄ちゃんも他の人達も、とても優しい目で私を見てくれたから。

私はクリアクリス。

お兄ちゃんのために強くならなきゃって誓ったの。

だけど、お兄ちゃんにはもう強い仲間の人達が一緒にいる。ルーファスのおじさん、エイハブのおじさん、ファラお姉ちゃん、それにウィンディ。エレナお姉ちゃんは、戦いはしないけどもの作りがとっても上手。

誰も私を捨てないでいてくれるとは思うけど、いつまでも守られるのは嫌だった。

お父さんは私とお母さんを守ってた。私もお兄ちゃんを守れる人になりたい。

役に立たないと、って思ったの。

それで魔物の匂いを追って、私は大きな魔物を一人で倒した。私はお兄ちゃんの役に立てたよね？

「おっ、英雄さんのお目覚めだな」

「エイハブのおじさん……」

目が覚めると、そこはお家の寝室だった。エイハブおじさんとルーファスおじさんが、椅子に座って私を見守ってくれている。

大きな魔物をお兄ちゃんに届けた後、私はお兄ちゃんの言葉に安心して眠っちゃったんだ。

お兄ちゃんの周りの人はみんないい人で、いつも私に良くしてくれる。いつか私もみんなに恩返しがしたいの、そのためにも、もっともっと強くなりたい。

「お兄ちゃんは？」

「サイクロプスの素材を使って、お前の装備を作るとか言っていたぞ」

お兄ちゃんは私の装備を作ってくれてるんだ。

恩を返そうと思っていたけど、こんなことじゃいつまで経っても返せそうにない。でも嬉し過ぎて、そんなことどうでもよくなっちゃった。

「レンは甘いから何も言わないと思うけどな。お前はまだまだ子供なんだから、一人で狩りなんて行くんじゃないぞ」

「ルーファスのおじさん……」

「叱るのは俺達の仕事ってことだ」

するとエイハブおじさんとルーファスおじさんが腕を組んで、寝込んでいる私を囲んだ。

「まずな、レンがお前を捨てるわけがないだろ」

「ああ。それにな、お前が強いのはわかっていても、周りは凄く心配するんだぞ」

「あう……」

おじさん達に叱られる私。レンお兄ちゃんは怒らないから、二人が怒ってくれてるんだ。

何だか、怒られてるのに笑顔になっちゃうな〜。

二人とも、笑いを堪えられない私を見てやれやれといった顔。

「こっちが怒ってるってのに、拍子抜けしちまうな、まったく。今後はちゃんと俺達に言うんだぞ」

「お前の心配をしているのはレンだけじゃないんだからな」

「はい！」

途中から優しい言葉ばかりになってきて、私が元気に答えると二人は頭を押さえてため息をついた。大丈夫だよ、おじさん。今度はちゃんと言うからね。

「今度はみんなに言ってから、一人で行くね」

「「わかってねえな⁉」」

おじさん達はまた怒り出してしまいました。

心配は嬉しいけど、早くお兄ちゃんのところに行きたいのにな。

「もうわかったよ～。今度はおじさん達か、お姉ちゃん達を連れてく～。だから許して～」

わかったふりをして、私はおじさん達に抱きついて許してもらった。

「まったく……」

「これで許してしまう俺達も大概だな」

実はウィンディが教えてくれたおねだり方法だったりする。

ウィンディはお兄ちゃんにこれをやっても効かないとか言ってたけど、私がやってみたらどうなるんだろう。

「ねえエイハブおじさん、もう行っていいでしょ？」

「ああ、もういいぞ。レンは鉱山のカマドに行ったよ」

「寄り道するなよ」

「は～い」

おじさん達はお兄ちゃんのいる場所を教えてくれた。

またどこかに行ってしまわないか心配みたい。もう大丈夫なのにな～。

◇

「あれクリアクリス、もう起きたの？」

「うん！　おじさん達に怒られちゃった」

鉱山前のカマドでクリアクリスの防具を作っていると、その本人が街の方角から駆けてきた。

話を聞くと、一人で狩りに出かけたことをルーファスさんとエイハブさんに叱られたみたい。僕的にも今回は少し冷や汗をかいたんだよね。僕も怒っておいた方がいいのかな……。

「お兄ちゃんは怒ってない？」

クリアクリスが首を傾げて聞いてきた。小悪魔的に可愛い。

「……怒ってないよ～」

怒れる訳ないじゃないか。

まあ、結果的に怪我人ひとり出なかったからいいんだけど、少しだけ言っておくかな。

「怒ってないけど、やっぱり誰かにどこに行くかはちゃんと伝えようね。クリアクリスが行方不明になったら、みんなが悲しむからね」

「お兄ちゃんも？　悲しい？」

「そりゃもちろん」

何も言わずにクリアクリスがいなくなったら、僕は泣いてしまうよ。

そのまま一生会えなかったら、悔いしか残らない。親御さんのことを考えるだけで泣けてくるしね。

「わかった、みんなに言う。お兄ちゃんには悲しんでほしくないから」

「いい子だな～、クリアクリスは」

僕の目を見て頷いた彼女。思わず頭を撫でる。

本当にクリアクリスはいい子だ。このまますくすくと育ってほしい。

しかしまあ、この歳でサイクロプスを倒せるってなると、これ以上成長すると魔王とかになってしまいそうだよな。

クリアクリスが魔王なら美人でカッコよくなりそうだけど。

「私の装備を作ってるって聞いたんだけど、どんなの？」

クリアクリスの成長した姿を想像していると、彼女が製作中の装備を覗いてきた。

彼女はサイクロプスを倒すのに、アダマンタイトとミスリルの短剣を使った。

それはいいんだけど、今のところ僕の仲間達は物理攻撃派の人ばかりなことに気付いたのだ。そろそろ、魔法の攻撃なんかも見てみたい。

それで、魔法といえばエルフだろうと思った僕は、街を出る前にボクスさんに聞いてきたのだ。


少し時は遡り、ボクスさんの家にて。

「サイクロプスの目は、マナを魔石のように込められますぞ。人族の多くは宝石に込めるものなのじゃが、儂らは魔物の素材の一部に込めることも多いんじゃ」

説明を聞いていると、ボクスさんが手のひらに入るくらいの目玉を取り出した。すると目玉はボクスさんの手のひらで光りだした。

「これは〈ライト〉の魔法が入っておるオーガの目玉じゃ。オーガも希少なもんでな、儂はこれしか持っておらん」

「へ～目玉と宝石ですか……魔法を込められるのはわかったけど、どうやるんですか？」

魔法自体、あんまり見たことないからな。

「おや、ご存じないとは。人族の多くは魔法を使えるはずじゃが……まあ、儂が教えてもいいじゃろう。マナを多く持っていればいるだけ魔法は簡単じゃ」

話しながらボクスさんがオーガの目玉を机に置いて、手のひらに火を灯した。

炎魔法？　熱くないのかな。

「これは初歩中の初歩、魔法と呼べるようなものでもないわい。子供達はまずこれを学んで、さらに強力にしていくんじゃ」

「なるほど……僕にできるでしょうか。コツとかは……？」

「コヒナタさんならコツなどいらんじゃろう」

え～、何でそんなに買い被るの？　僕らの世界に魔法なんてなかったんだから、その初歩中の初歩もやってないんだよ。できる訳ないじゃないか。

「お主にとって一番身近な火を思い浮かべてみなされ。それをマナで再現するようにするんじゃ」

「一番身近な火？」

僕の一番身近な火……ライターかな。本気で想像するぞ～。

想像して、何となく念じてみると、手のひらに米粒ほどの光が現れた。

「おお～、出た出た……あっ消えちゃった」

「これこれ、ちゃんと集中せんとすぐに消えるぞ」

ほんの一瞬で消えてしまった。まだ火のような見た目ではなく、光だけだった。火のオレンジ色には程遠い。さらに練習しないといけないかな～。

「それを火にできて、その火をそのまま魔石にぶつけられれば、魔石に魔法を封じ込められるのじゃ。その後は、使いたい時に少しのマナを注げば同じ魔法が発動する」

「なるほど」

「さあ、あとはコヒナタさん次第じゃな」

ボクスさんはフォフォフォと笑って、奥の部屋へ入っていった。

製作だけでなく魔法も覚えないといけない。色々とやることが増えたな～。

まあ、時間は腐るほどあるので大丈夫。これもクリアクリスのためだしね。可愛い子には旅をさせろとか言うけど、そんなもの知ったもんか。甘やかすだけ甘やかすぞ。

「じゃあ、製作しながら魔法の練習してこよう」

そうして僕は鉱山のカマドへすっ飛んできたという訳だ。


再び時間は現在、クリアクリスに横で見られながら魔法の練習中。

ボクスさんの教えのおかげで、今は手のひらに拳大の炎くらいは作れるようになった。

これが私の最弱魔法ですって言いながら最強の魔法を放ちたい。いつか言ってみたい言葉です。

「サイクロプスの目玉、何かそのまま身につけるのもカッコ悪いから装備につけようかな」

サイクロプスの目玉は結構大きくて、人の頭ほどもあるからどうしたもんかと思っていた。

でも分割しても魔法は込められるみたいだったので、四等分にして、魔石として使うことにした。

両手両足の甲に配置しようと思ってる。

結構カッコよくできそうだよ。もちろん、鎧自体の素材はアダマンタイトです。

勇者も羨む、最強装備をクリアクリスに。

過保護という言葉は僕のためにあったのかもしれません。

最初はアダマンタイトの籠手だ。

いつも通りサッと作れたので早速サイクロプスの魔石を挿入、手の甲に赤い魔石がカッコよく輝いていいます。

「クリアクリス。この籠手だけど、右手に炎の魔法が入ってて、左手には水の魔法が入ってるからね」

右手には〈ファイアランス〉の魔法が入っている。ファイアランスはその名の通り、炎でできた槍を作り出す。射出もできるし籠手に纏わせることもできる優れものです。

左手はその水バージョン、水魔法の〈ウォータージャベリン〉が入っている。

ちなみに、僕はちゃんと魔法を教わった訳ではないので、あくまで強い魔法のイメージで発動したら槍系の魔法が出た、というだけです。

ともあれ、両手にランスを出現させて戦う姿はカッコよさそうだ。

そして、炎を間違って出しちゃって火事になったら水で消すことも可能。そういう安全面も考えているのさ。

クリアクリスのメイン武器はこれになるかもしれないね。短剣じゃリーチが短いから。

「使ってみていい？」

「ああ、テストしてくれると助かるよ」

クリアクリスは籠手をはめてワクワクしている。

テストというのもあるけど、僕自身が見てみたいんだよね。何せ、初めての魔道具だからね。

「僕もさっきボクスさんに教わったばかりだけど、使いたい時は少し手の甲に力を入れる感じにすればいいんじゃないかな？」

「わあ、できた～」

クリアクリスは一瞬でやってのけた。メラメラ燃える炎の槍とテラテラした水の槍を手に持ち、嬉しそうに天に掲げている。

「熱くないか？」

「大丈夫！　投げてみていい？」

「街の方角じゃなければいいよ」

「わかった、じゃあ、これは空に向かってやるね」

そう言ってクリアクリスが炎の槍を振りかぶって天へと打ち上げた。

「おお～」

炎の槍はドドーンと街とは反対側の空で爆発を起こした。

「危ないから水もあっちにやるね～」

偉い偉い。残り火が草花に引火するかもしれないからね。

水の槍もザバーンと同じ範囲で爆発して、空にあった炎の残骸を洗い流していく。なかなかの攻撃力のようだけど、これも鍛冶の王の力なのかな？

スキルレベルがＣになってからは、鍛冶の範疇を大きく超えてきたような気がするな。

これ以上レベル上がったらどうなるんだろう。楽しみなような、怖いような。

「レン、これが今の新しい装備？」

すると炎と水の爆発を見たのか、エレナさんが街の方角から現れた。

エレナさんも鍛冶をしに来たようで、手にはハンマーとヤットコ鋏を持っている。

ちなみに金床はカマドに置いてある。あれは女性には重いものだからね。

カマドや金床には屋根もつけてあるから、雨が降っても道具は濡れない。作業しやすいように、そういうところも考えているのだ。少しはできる男をアピールしないとね。

「魔石に魔法を封じ込める技を使って、それを嵌めた籠手を作ったんだよ」

「エレナお姉ちゃん、見て～」

「凄いね！」

クリアクリスが再度、魔法の槍を二つ出現させ、ぴょんぴょん跳ねてエレナさんに見せている。

エレナさんは驚いているようだ。

「レンは鍛冶というよりも魔法鍛冶士みたいになってきたね。道理でおじいよりも凄い訳だ」

エレナさんは納得がいったという様子で、自分の鍛冶の準備をしていく。

魔法鍛冶士なんていう職業があるんだね。こういう魔道具が存在するからには、確かにいてもおかしくないか。

「籠手だけ作ったの？」

「とりあえず、籠手から。次は足かな」

「全部、アダマンタイト？」

「そうだね。なんて言ってもクリアクリスの装備だからね」

過保護な最強装備を作らないと兄馬鹿が廃るからね。

それを聞くとエレナさんは呆れたようにため息をついた。

「騎士のトップでもこんな装備使ってないと思うよ」

「ええ、そうなの？」

「そうだよ」

魔法をこれまであんまり見ていなかったのは、そもそもこういった魔道具の技術が発展していなかったってことなんだね。

騎士のトップがそれじゃ、世界的にもまだ限られた人しか習得してないんだろうな。

「何せ魔法鍛冶士っていったら、普通はドワーフの技術を学んで作れるようになったエルフのことだからね。レンは勇者だから習得できたんだね」

ほうほう、魔法鍛冶士はエルフがほとんどなのか。ってことは人族では相当貴重な職だね。

エルフとは将来どこかで戦闘になる可能性がある訳だけど、こういうアイテムを使ってくるエルフもいるかもしれないってことかな。用心しておくに越したことはないね。

「ちなみに足装備は何の魔法をつけるの？」

「えっと、風魔法を予定してる。水魔法で飛ぶっていうのも考えたんだけど、やっぱり、風魔法の方がいいなって思ってね」

ウォータージェットみたいにして水魔法で飛ぶのもいいなって思ったんだけど、風魔法よりは飛べないと思うのでやめておきました。風魔法の方がカッコいいしね。

「両足に風魔法で空を飛ぶ？」

「そうだね。威力も魔力を込める量で調整できたらいいなと思ってるけど、できるのかな？」

「ど、どうだろう……やったことないからわかんないよ」

できてほしいんだけど、そこんところは鍛冶の王様次第だな。

第七話　もう一人の来客

さて続いては足装備。

これもアダマンタイトなので真っ黒だけど、魔石の赤色がいいアクセントになる。

サイクロプスの魔石がなかったら黒一色の味気ない装備になっちゃうところだった。赤と黒は色合い的にかっこいいよね。

「そんなにすぐ作られると何だか自信なくすな～」

ハンマーでミスリルを叩いているエレナさん。僕が一瞬で作るもんだから、エレナさんは拗ねちゃってるね。

僕も一応ハンマーは使ってるんだけど、数回使うだけで形が整っていくので果たして必要なのか怪しくなってくる。まったくチート以外の何物でもないよね。

籠手の時もそうだけど、できる時は一瞬なんだよね。スキルレベルが上がっているので、同時に合成できる素材も三個まで増えた。

これなら複雑な組成の刀剣なんかも、じきに作れるんじゃないだろうか。

とはいえとりあえず今は、クリアクリスの装備。ということで足装備が完成です。

「つけていい？」

「うん、またテストしてみて」

完成するとクリアクリスがそう言ったので、テストをしてもらうことにした。

風魔法の調整もしっかりできるかわからないからね。こういうテストに時間をかけないと、最高のアイテムはできないのだ。

「足の裏から風魔法が出るはずだから、調整しながらやる感じかな」

「は～い」

クリアクリスは足装備をつけて、つま先を地面に打ち付けて履き心地を確かめている。

サイズもピッタリにできたようで、ますますクリアクリス専用だ。

「いきなり飛ぶんじゃなくて、最初は弱めに放ってみて、それから調整してね。着地に失敗したら大変だから」

焦らず一歩ずつやらないとな。

クリアクリスは注意をよく聞いて、まずはジャンプしながら足元から風魔法を放っている。

ちなみに何の魔法かというと〈ウィンドプッシュ〉という魔法。

ステータスを見たら、初級魔法で殺傷能力もないそうだ。あくまで空を飛ぶ目的だし、これで十分だよね。

「これならうまくできそう！」

何回かジャンプしただけでクリアクリスはコツを掴んだようだ。

今度は勢いよく風魔法を放ち、ホバリングするように三メートルほど空に浮き上がる。

「飛んだ～」

「やったね！　胴体部分を作っている間、遊んでていいよ」

「わ～い」

まだまだ使いたそうにしていたので、胴体部分を作るまで遊んでおいてもらおう。

魔石の威力調整はうまくいってるみたい。クリアクリスの実力もだし、鍛冶の王スキルのおかげもあるかもね。

これなら、胴体部分の魔法にも期待が持てる。

ただ胴体部分にはサイクロプスの魔石は使えない。もう両手両足に割り振っちゃったからね。なので、ぶっつけ本番だけどダイヤモンドを魔石に変えてみようと思います。ダイヤといえば宝石のトップ。これなら間違いないだろう。

クリアクリスには最高の装備を持ってほしいからね。

胸の中央の部分にでっかくダイヤモンドを添えて、アダマンタイトと合成。トンテンカンと叩いていくとアダマンタイトは形を変えていき、綺麗に融合した。

ダイヤの魔石は青色に輝きだし、黒いアダマンタイトに映えている。これで、赤と黒と青の三色がクリアクリスを彩るのだ。最高にかっこいいな。

そして、鎧に込めた魔法は聖属性の防御魔法〈ホーリーシールド〉になった。

威力調整次第で、近くにいる人も防御できるようにしたかったんだよね。足装備の調整ができるならと思い、やってみて正解だった。

色々と展開した時のイメージはあるけど、これも鍛冶の王頼りなのでできるかはわからない。

「お兄ちゃん見てみて～」

「おお、凄いなあ」

鎧を完成させるとクリアクリスが急降下してきた。地面スレスレで足から風魔法を放ち、衝撃を弱めてから着地する。

もうすっかりマスターしたようです。

じゃあ、全部装備してもらって、感触を確かめてもらうかな。

「カッコイイじゃん！」

エレナさんも作業の手を止めて見入っていた。

ふふふ、クリアクリスがカッコいいのは、僕のひいき目だけじゃないみたい。

青い輝きが胸を、両手両足からは赤い輝きが黒い鎧を彩る。この世界の鉱石はまだまだあるから、
これをベースにさらに魔改造ができそうだな。

「よし。そしたら、ホーリーシールドを使ってみてくれるかな？」

「お胸の宝石に力を入れるの？」

「うん、そうそう。一応、板みたいな形に展開できるんじゃないかなーと思うんだけど」

さて、うまくいっているかな？

「わあ、すご～い」

クリアクリスは展開された盾型の光の壁を見て目を輝かせている。

どうやら、正面への展開は問題ないようだ。

「じゃあ今度は、丸く周りを覆うような感じにはできる？」

「やってみる～」

クリアクリスは返事をして、むっと盾に向き合う。

少しすると光の盾がどんどん大きくなって丸みを帯びていき、クリアクリスともう一人くらい入れそうな半球状になった。

「こんな感じ？」

「上手い上手い！　成功だな」

「でも、ちょっと作るのに時間かかる」

「まあ、それは練習あるのみだね」

向上心豊かなクリアクリスだった。

最初からうまくできるなんて都合がよ過ぎるし、これでいいのだ。

ある程度は彼女自身の成長に任せるのが、正しい見守り方なのかもね。

【アダマンタイトの籠手】
ＳＴＲ（筋力）＋２００　ＶＩＴ（生命力）＋４００　ＤＥＸ（命中性）＋３００　ＡＧＩ（敏捷性）＋３００
ＩＮＴ（知力）＋２００　ＭＮＤ（精神力）＋１００

【アダマンタイトの具足】
ＳＴＲ＋２００　ＶＩＴ＋４００　ＤＥＸ＋１００　ＡＧＩ＋３００
ＩＮＴ＋２００　ＭＮＤ＋１００

【アダマンタイトの鎧】
ＨＰ＋２０００　ＳＴＲ＋５００　ＶＩＴ＋１０００　ＤＥＸ＋１００
ＡＧＩ＋２００　ＩＮＴ＋２００　ＭＮＤ＋２００

自分で作っておいて思うんだけど、かなりのチートだね。全ステータスアップの装備なんて、ゲームでもそうそうないよ。

これでクリアクリスの装備は完成。あとの心配事はサイクロプスとエルフ達、それに教会だね。

カーズ司祭を殺したのはあくまでコリンズだけど、僕達が関わったことに変わりはないからなあ。

彼らは必ず何かしらの行動をしてくるはずだ。

「レンレン～」

「お客さんだよ～」

装備を片付けて街に戻ると、ウィンディが馬車の前で手を振っていた。

どこから来た馬車だろう？　彼女も知っている人みたいだけど。

「本人たってのお願いだったからな。エリンレイズから連れてきたんだよ」

エイハブさんもいて、そんなことを言う。

「エリンレイズ？」

てっきりレイティナさんかなと思っていたんだけど、違うみたいだ。

エリンレイズで僕に会いたい人って誰だろう？

「さあ、レンが来てくれたぞ」

「はい……」

エイハブさんが馬車の幌を開いて手を差し伸べた。その手には小さな手が乗せられて、小さな少女が馬車から顔を覗かせた。

「あれ？　君は……」

「お久しぶりです」

確かこの子は……あのコリンズの親友の子だ。

「イザベラです。義父が大変なご迷惑をおかけしました」

牢獄石に魂を囚われ、寝込んでいた時とは見違えるように健康的になっている。

僕と会いたいっていうのはイザベラちゃんだったのか。でも何で？

「突然の訪問、誠に申し訳ありません」

「ああ、いえいえ」

馬車から降りると、イザベラちゃんはお辞儀して話した。思わずこっちまで敬語が出てしまうくらい、礼儀正しい子だった。

「あの一件以来、義父の悪事を詫びることもできず、ずっと心苦しく思っていたんです」

「イザベラちゃんは体が弱り切ってたし、私達もすぐ街を出ちゃったから仕方ないよ。大丈夫、レンレンは優しいからそんなこと何とも思ってないよ～」

ウィンディがイザベラちゃんの頭を撫でながら慰めている。

「まさか、それを言うためにわざわざここまで？」

「……はい。身体が動かせるようになって、義父がやったことを聞いてから、街の皆さんには謝って回りました。でも、コヒナタ様にはそれもできなくて。だから……」

こんな小さな子が、クリアクリスと変わらないほどの小さな子が、自分ではなく義父のやってきたことをお詫びして回るなんて。

ああ、なんて健気でいい子なんだろう。

「それだけでも偉いなと思うよ……僕だったら謝るのも怖くて家に閉じこもってたと思うよ」

思わずイザベラちゃんの頭を、クリアクリスに対してするように撫でてしまう。

「あ、いえ……」

彼女は小さく口ごもり、頬を赤く染めて俯いてしまった。思わず撫でちゃったけど嫌だったかな？　ウィンディの人懐っこさが僕にもうつってしまったかも。

「ああごめんね。思わず」

「いえ、その……ありがとうございます」

何についてお礼を言われたのかわからなかったけど、大丈夫だったみたい。

「……あの、コヒナタ様！　私に何か手伝えることはありませんか？」

「ええ？」

突然の申し出に戸惑う僕。

「義父が迷惑をかけた分、少しでも返そうと思っているんです」

「それなら、僕なんかよりハインツさんの宿を……」

「ハインツ様の元へは既に伺いました。宿屋のお手伝いも何度かさせてもらって、リージュさんも許してくださいました。皆さん、私ではなく義父のせいだと宥めてくれたのですが……私としては、それでは納得できないんです。私は少しでも義父の罪を償わないといけないんです」

「う〜ん」

と言われても、僕の周りには色んな仲間がいる。誠意には応えたいと思うけれど、突然やってきた人に任せられることというと、なかなか思いつかなかった。

「お兄ちゃんは強いから大丈夫だよ」

悩んで顎に手を当てて考えていると、不意にクリアクリスが口を開いた。

「でも……」

「大丈夫なの」

イザベラちゃんの言葉に被せるように、クリアクリスが言い切った。

そんなに強く言うなんて、ちょっと様子が変だ。どうしたんだ？

「レンレンは罪な男だね〜」

その様子を見て、ウィンディが僕に意味ありげな視線をよこした。

どういうことだ？　彼女は相変わらず、時々何を考えているかわからなくなる。

「お兄ちゃんは強いし、何でも作れるんだよ。だから、何もすることないよ」

「それでも私はコヒナタ様のために何か……」

「まあまあ、お二人さん。それは置いておいてとりあえず、食事にしましょ。イザベラちゃんも長旅で疲れたでしょ」

僕の後ろにいたエレナさんが歩み出て、二人の言い合いを制した。

そのままイザベラちゃんの手を取って、屋敷の方へ歩いていく。

僕もエレナさんについていこうとすると、クリアクリスが僕の服を握って、頬を膨らませていた。

……もしかして、イザベラちゃんにやきもちを焼いてる？

「あの子が来ると不安？」

そう尋ねると、クリアクリスは黙ったまま下を向いた。

なるほどそういうことね。

「心配いらないよ。クリアクリスのことは『どこにもやらない』って言ったろ？」

「……わかった」

小さく答えて、彼女は家に向かって歩き出した。

何とか安心させてあげられてるといいな。

「レンはあんな小さい子にまでモテるんだな」

「本当に……」

後ろから、小声でファラさんとエイハブさんが何か話しているのが聞こえた。

「ファラも、うかうかしてられないんじゃないか？」

「な、何の話だ……！」

どうやらこっちでも喧嘩しているみたいだ。

◇

レンがクリアクリスの装備を作っていた頃。

バライクラスの街から、ダークエルフの街へと向かう豪華な馬車があった。

馬車は一つではなく、豪華なものを先頭にして、多くの馬車が車列を組んでいた。

「ダークエルフが本当に街を作っているとは。これは僥倖じゃ。全員奴隷にして売り捌いてやる」

先日ギルドに潜ませた部下から、ダークエルフの情報を手に入れていたアーブラ司祭。

早速軍備を整えて、バライクラスの街を出たところだった。

「司祭様、どうやら世界樹らしきものも確認されているようですが、どうされますか？」

「ほ～」

斥候からの報告を告げた男に、アーブラ司祭はさらに顔をにやけさせた。

「フォッフォッフォッフォ、神はさらに儂を儲けさせる気かのう。手土産に世界樹までくれるとは。ダークエルフは儂の天使だったのかもしれんなあ。褐色の天使か……そういう格好もいいのう」

全てを奪おうとアーブラ司祭は意気込んでいた。

アーブラ司祭の私兵は四千人を超える。

彼の他にも大勢の司祭がいるが、その多くが私利私欲に回復魔法を使っていた。

レンがエリンレイズの街なかで見かけたように、怪我人や病人から多額の寄付金を要求し、払えない者には回復を施さない。そんな暴挙に出ているのだ。

「あと一日もすれば着くはずです」

「フォッフォッフォ、笑いが止まらんな。できたばかりの街を攻めるのも一興じゃ。せいぜい木の柵で囲った程度じゃろう。蛮族どもに兵隊の脅威を知らしめてやるわい！」

一段と大きな声で笑う司祭。

部下はそれに顔を青くして引いていた。

◇

「星光教会？　それって、あのカーズ司祭のいた？」

「はい、そうです」

イザベラちゃんを迎えた翌日。僕は屋敷のリビングで、今入った報告に聞き返していた。

街を訪問してきた集団がいたみたいで、門番のダークエルフさんが報告しに来たのだ。

カーズ司祭の所属していた組織。興味がなかったから放っておきたかったんだけど、直接やってこられては仕方ないか……。

「中に入れろってうるさいんだよレンレン～。あ、ちなみに水晶は真っ黒になったよ」

ウィンディも門にいたみたいで、ダークエルフさんと一緒に報告に来た。エイハブさんにもらって、門に設置してあった水晶が役に立っているみたいだね。

ただ、報告するのに抱きついてくる必要はないと思うなあ。でもお胸が少し当たるのでそれを咎(とが)められない僕がいる。

「うーん……教会とはどうやっても仲良くできないと思うから、入れなくていいよ」

わかったと答え、ウィンディとダークエルフさんはすぐに門へと戻っていった。

「教会ですか……」

「イザベラちゃんはあんまりいい思い出ないだろうね」

「はい……」

暗い表情で俯くイザベラちゃん。

カーズ司祭のことがあるから、教会には苦い思い出しかないよね。

屋敷には今、ウィンディとエレナさん以外の面々が揃っている。

というのも、これまではウィンディやルーファスさんがたびたび警戒に当たっていたけれど、ニーナさんにあまり働き過ぎるなと言われてしまったからだ。

外敵がやってきた今も、できるだけ自分達で何とかしようとしているみたい。

基本戦力はリッチで十分だから、僕らは本当に危ない時に動く感じだね。

「レン、門が騒がしくなってきた。どうやら、黙って帰りはしないみたいだぞ」

「……やっぱり」

玄関から出て門の様子を窺ったルーファスさんが、ため息交じりに戻ってきた。

窓から見ても、街の男衆が弓を持って門へ走っていくのが見える。

僕もルーファスさんにつられて大きなため息が出ちゃったよ。

本当、ああいう人達は、全部が自分の思い通りに行くと思っているんだよね。それでうまくいかなかったら、怒って実力行使をしてくる。

「了解、みんな行くよ。クリアクリスとイザベラちゃんはここで待ってて」

「お兄ちゃん！　私も行く！」

二人には待っていてもらおうと思ったら、クリアクリスがピョンピョン跳ねてそう言い出した。

できればクリアクリスに荒事はしてほしくないんだけどね。

「でもね……」

「私も戦えるもん！」

「……わ、私も行かせてください。戦えはしないですが、コヒナタ様のために少しでも慣れておかないと」

クリアクリスに加えてイザベラちゃんまで、少しでも役に立とうとしてくれる。本当に健気だ。

どうするか迷っていると、肩に手が乗せられた。

「レン、二人も連れていこう。これからも戦闘を避けられないことは多いはずだ。いつまでも遠ざけておくのは無理だよ」

「ファラさん……そうなるかな？」

「多分、そうなる」

それでも決め切れず、エイハブさんの顔を見る。

するとエイハブさんも、迷いなく頷いた。

そうか──……つくづく、平和な街にしたいものだよ。

「じゃあ、二人も一緒に行こうか」

「うん！」

「はい！」

可愛らしい二人は喜んで返事をした。

第八話　防衛戦

「コヒナタすまない、急いでくれ！　奴ら一旦下がったが、戦列を組み始めているぞ」

「いかにも戦(いくさ)といった感じだ、楽しみだぞこれは」

城壁に上がると、ニーナさんとリッチが迎え撃つ準備をしていた。

司祭の私兵達は、門に入れないと見て、攻撃することにしたようだ。

僕らの何十倍という数だ。でもリッチのスケルトンを出せば物量差は補える。

「よし、私のスケルトンの出番だな」

「うん、お願いねリッチ」

リッチが城壁の前にスケルトンを召喚していく。

スケルトンが大量に召喚されているのに、敵は動揺した様子はなかった。それだけ、自分達に自信があるんだろうな。

「死を恐れぬ輩(やから)に死の恐怖を！　全軍前進」

リッチの号令でスケルトン達が前進していく。魔王みたいな号令だ。

それに呼応して、敵も動き出した。盾を持った兵を前面に、大軍が突っ込んでくる。

「スケルトンを援護。我らの弓の腕を見せてやれ」

「『はっ！』」

今度はニーナさんが、男衆に号令を出した。ダークエルフさん達が矢をつがえて射出していく。

敵の隊列はかなり離れているんだけど、矢が普通に届いています。

「やはりコヒナタがいじった弓は凄いな。よく飛ぶ」

「でしょでしょ。レンレンは本当に凄いんだよ～」

ダークエルフさん達の武器もコネコネしているし、装備を一式作ってある。

僕らだけじゃない。ダークエルフさん達も、とても強くなったのだ。

◇

「アーブラ司祭様！　三番隊が全滅です」

「な～に～、お前達何をしているか！　それでも星光騎士か！」

戦線の後方で、豪華な馬車から身を乗り出して叫ぶアーブラ司祭。

自分は指揮もせずにただ見ているだけ、何と情けない司令官だろうか。

アーブラ司祭は、街の前に着くと驚き戸惑った。

木の柵がある程度だと思っていたダークエルフの街は、王都よりも強固で豪華な城壁に守られていたのだ。

城壁がこんなに豪華ということは、兵士の武器や防具は既に充足していて、それ以外の装飾に回す余力があるということだ。

このまま攻め込むのは、誰の目から見ても不利と思われた。

しかし、アーブラ司祭は諦めの悪い男だった。

強欲が彼の全て。地位、名誉、金、女、その全てを権力で得るために、ここまで上り詰めたのだ。

◇

戦闘が始まった頃、エイハブさんが門から持ってきた水晶を見せてくれた。

水晶は夜よりも深い黒色に染まっていた。魔王でもあんな黒色にならないんじゃないかとエイハブさんは言っていたけど、冗談なのかどうか。

敵は円形に築いた城壁の南側から、正面突破を仕掛けてきた。

数に物を言わせた戦い方で、攻城戦の経験は浅いみたいです。

こっちもリッチのスケルトンがいるから物量で迎え撃つ戦法ではあるんだけど、スケルトンの方が強い。城壁上から街の皆やウィンディ達の弓の援護がかなり効いているみたい。

開幕から、戦闘はこちらの有利に進んでいた。

何せスケルトンには、向こうの矢が当たっても大したダメージがない。かといって剣で斬り込むと城壁から矢が飛んでくるのだ。

おまけにスケルトンはやられても後々回収すればまたスケルトンにできる。なんと効率のいい兵力だろうか……。

戦闘に参加しているのはダークエルフさん達とスケルトンだけ、数は合計でも敵の三分の二ほどしかない。それでこんなに圧勝とはね。

「リッチ、ちょっとだけ手加減してね。あんな連中の率いてる部隊だから、奴隷とか、無理やりに従わされている人もいるかもしれない」

どんどん相手の軍勢を押し返し、掃討していくスケルトンを眺めながら、僕は言った。

「ああ、わかっている。降伏した者を殺す趣味はないのでな」

ちなみに敵は、教会の人間なだけあってか聖属性魔法を多用してきていた。

戦闘が始まった時は、リッチのスケルトン部隊を見てニヤニヤしていたくらいだ。普通のスケルトンなら、聖属性が一番効くからね。

そして実際、彼らは聖属性である回復魔法をかけてきた。だけど、うちのスケルトン達には効かないんだよね～。

何故なら、リッチとスケルトン達は僕がこねてあるから。聖属性なアンデッドとは、これ如何に……？

◇

「司祭様、奴ら聖属性が効きません！」

「なに〜！」

アーブラ司祭は、命からがら逃げてきた兵の報告を聞いて絶叫していた。

それもそのはず、スケルトン達に聖属性魔法が効かないなど常識外れだ。

「道理で負けている訳か……まさか、儂がダークエルフに敗れる日が来ようとはな……」

アーブラ司祭は観念したように、豪華な馬車の中で椅子にもたれかかり、天を仰いだ。

しかし、アーブラ司祭の悪夢はこれで終わらなかった。

「ア、アーブラ司祭様！　後方よりサイクロプスの群れが！」

「なに〜!!」

よりにもよって、兵力の半分を失い戦線が後退してきたタイミングである。

アーブラ司祭はここで死ぬ運命にあるようだった。

目を血走らせたサイクロプスの群れは、あっという間にアーブラ司祭とその馬車を吹き飛ばした。

サイクロプスは、実はアーブラ司祭達には何の関心もなく、殺された仲間の復讐(ふくしゅう)の念に駆られて街を目指していただけなのだが……通りすがりにアーブラ司祭を屠(ほふ)っていったのだった。

戦線の後方にいた彼の部下や派閥(はばつ)の者達は、見事にサイクロプスの群れによって絶命していった。

◇

「あーあ、もうメチャクチャだ……とりあえず、逃げ惑ってる兵はできるだけ助けてあげて。流石に教会の本部とまで喧嘩したくはないから」

サイクロプスの乱入で、戦場は大混乱になっていた。

司祭の私兵達は、スケルトン達とサイクロプスの群れとで挟み撃ちにされて、もう街へ攻め込むどころではなくなっている。

司令官のアーブラ司祭も、後方であっさり吹っ飛ばされたらしい。ひとまず、もう戦う意思のない人達は助けてあげることにした。

リッチの指示でスケルトン達が動き出した。サイクロプスの足止めをしつつ兵士達を守り、それから僕の召喚したスパイダーズが糸でテキパキと拘束していく。

城壁からダークエルフさん達が投降を呼びかけているけど、魔物達は喋れないので救出の意図が伝わらないのか、抵抗している兵もいた。

このまま外にいたら死ぬっていうのに、頭の固い人達だな……。

アーブラ司祭とその取り巻きを踏み荒らしたサイクロプスの群れは、城壁へも向かってきていた。距離は五百メートルほどだろうか。

「お兄ちゃん、私が行ってもいい？」

僕が城壁の上で戦況を見ている横で、クリアクリスが最強装備を身に纏って聞いてきた。フンスと鼻息荒く、サイクロプスの群れを指差している。

下に降りて戦うってことかな？　まあ、テストも兼ねて戦わせてもいいけど……。

「レンレン、ゴーレ出して。私がクリアクリスと一緒に下りて護衛するよ」

「ウィンディと？　ちょっと心配だな～」

「それなら俺も行くぞ。要はクリアクリスを守ればいいんだろ。このままじゃ、一人でも行っちまいそうだ」

ルーファスさんが外套と短剣を装備しながらそう言った。

まあ、冒険者二人とゴーレムなら流石に安心かな。

「わかりました、ルーファスさんも行ってくれるなら。僕のスケルトン達も出すから使ってやってください」

「ああ、任せろ」

「ちょっとレンレン～。私だけじゃ安心できないって言うの？」

「うん」

「ええ～」

ウィンディだけに任せるのはちょっとね。

技量はあるけど、ほらリッチに会う前、僕のスケルトンを誤射した件もあるから……ファラさんなら無条件でＯＫだけどね。

「じゃあお兄ちゃん、行っていいの？」

「ああ、ルーファスさん達と離れないようにね」

「わかった！」

クリアクリスは元気に返事してぴょんぴょん跳ねている。

装備は完璧だ。そんじょそこらの魔物の攻撃くらいでダメージは入らない。

ここは涙を呑んで見送ることにします。僕も行きたいけど、みんなへの指示役をしないといけないからね。さっきボクスさんに頼まれてしまったのです。

いつの間にか、僕がこの街の長みたいな感じになってきてしまった。

「よし、行くぞ～」

「「は～い」」

まるでピクニックに行くかのようなテンションで三人が城壁を下りていく。

この世界の住人らしい感覚なのかな？　僕みたいな、身近に戦いがなかった世界の住人からすると、もっと緊張してもよさそうなものだけど。

僕はとてもあんな風には戦場に立てない。命の取り合いだし……。

リッチに任せて僕は高みの見物する予定だったんだけど、クリアクリスが戦うんだったら、いつでも参戦できるようにしておこう。あの子に怖い思いはさせないって決めたからね。

もちろん、ウィンディ達の身にも何かあれば行くよ？　当たり前じゃないかー……。


門が開けられて、ウィンディ達が街の外へ走っていった。

クリアクリスは、ちゃんと言いつけを守れる子だから大丈夫なはず。ちょっと心配だけど。

リッチのスケルトン達がちゃんとサイクロプスの群れを止めているので大丈夫だ。

まだまだ距離もあるし、大丈夫大丈夫。

「心配性が過ぎるぞ、レン」

ファラさんが呆れ顔で僕を見ている。

「そうだよ。いざとなったらレンが行けばいいんだから」

「うーん、そうだけどさ～」

反対側からはエレナさんが肩をポンポンして宥めてくれる。

ファラさんは戦える格好だけど、彼女はいつも通りだ。戦闘職じゃないからね。

ちなみにエレナさんは、戦闘中もみんなの武器のメンテナンスをしてくれている。防衛のために色々と武器を作ったけど、性能はチートでも耐久度は普通と一緒だからね。

傍目から見たら雑用みたいに映るかもしれないけど、ちゃんとエレナさんにも恩恵がある。整備や修理をすると、彼女のスキルの経験値も貯まるのだ。

さっき屋敷にいなかったのも、鉱山のカマドでずっと整備してくれていたから。戦闘が始まると危ないからと、すぐに戻るようワイルドシープを伝令に行かせたのだ。

走るスピードが速いので、ワイルドシープにはこういう時とても助けられている。

——ドドーン！

そんなことを考えていると、凄い音がした。

見ると戦場に炎と水しぶきが同時に上がっている。クリアクリスが遠くからサイクロプスの群れに炎の槍と水の槍を投げ込んだみたい。

サイクロプスの群れは百体以上の大所帯。スケルトン達の攻撃で十体くらいは倒したけど、減った気がしません。

アーブラ司祭の私兵ほどではないけど、かなりの範囲を包囲してきている。そのさらに奥にも姿が見えるので、増援が来ているのかも。

「クリアクリスはもう武器の扱いをマスターしてるみたいだな、凄いや」

空へ飛び上がって、急降下する光の球が見える。

アダマンタイトの鎧に埋め込んだ聖魔法と、足の風魔法を上手く使っているのだろう。あの勢いのまま、サイクロプスの群れの中に入っていって炎の爆発や水の爆発を起こしている。

みるみる敵の数が少なくなっていくけど、あんまり深追いしてほしくないのが本心。無茶だけはしないでくださいね、クリアクリスさん。

「レン、言っとくがな。あの装備なら寝っ転がっていても大丈夫だぞ」

「え～流石にそんなことないでしょう」

心配が顔に出ていたのか、エイハブさんにも呆れられてしまいました。

あんな巨人の前で寝っ転がっていても大丈夫って、物理的におかしいでしょ。僕のチートってそんなにやばいの？

「コヒナタ様の装備はとても貴重なものです。サイクロプスでは歯が立たないですよ」

エイハブさんと話していると、イザベラちゃんが言った。

イザベラちゃんは、この街に来てから甲斐甲斐しく色んなことをやっていた。

ダークエルフさん達と交流しようと編み物をしたり、畑仕事を手伝ったりしていて、一生懸命ここに馴染もうと頑張っているのがひしひしと伝わってくる。

でも経緯が経緯だけに、見ているこっちがつらいです。彼女くらいの歳の頃の自分を思い出して、叱ってやりたくなるほどだ。

「イザベラちゃんはどう？　慣れそう？」

「おかげ様で、街にはすぐに馴染めそうです。……戦場は初めてですが、凄い熱気なんですね。何だか気圧されますけど、何とか慣れてみせます。この街に住むにはこれくらい慣れないと」

「へ？　住むの？」

「はい、コヒナタ様のお役に立つために、身を粉にして頑張りますから」

「はあ……」

イザベラちゃんは頑張り過ぎだよ。もっと、少女らしく楽しいことをしてもらいたいもんだ。

あんまり根詰めてしまうようならちゃんと注意しよう。

そんな話をしている間にも、クリアクリスがサイクロプスを屠っていっている。

ウィンディとルーファスさんも、久々に羽目を外して戦っています。僕のあげた装備がサイクロプスを簡単に倒していくのを見ると、職人冥利に尽きるといった感じがするね。

スケルトン達も、聖属性の武器を持っているので強いです。途中からせっかくなのでゴブリンとオークも出して参戦させたけど、彼らも何とか戦えているみたい。

オークとゴブリンが協力して戦っている姿は何だか胸熱だな。普通なら雑魚モンスターにされるような魔物が強いのは、見ていて気持ちいい。

そしてガンガン戦果を挙げるみんなのおかげで、僕のアイテムボックスにはサイクロプスの素材が大量入荷しております。そして、嬉しいことに採取の王のスキルもレベルアップ。

（採取の王のレベルが上がりました【D】→【C】）

レベルが上がると、素材の入ってくる量がより一層増えた。

今回のスキルアップの効果は採取量の増加ってことなのかな？　今後の検証が必要だね。

サイクロプスの群れに襲われ、大慌てになっていた司祭の私兵達は、間もなくして生き残りの大多数が投降してきた。

リッチのスケルトンに守られながら、両手が蜘蛛の糸でぐるぐる巻きにされた状態で、街に連行されてくる。

ざっと見ても百人単位の数なんだけど、ダークエルフさん達の報告だと、これでも最初にいた軍勢の十分の一ほどしかいないという。

あとは戦闘やらサイクロプスの突進やらでやられてしまったか、逃亡したかだろう。

アーブラ司祭の私兵になったのが運の尽きだったね。この生き残りはかなり運がいい人達だ。

後で多分僕が尋問することになるんだろうな……洗脳みたいなことをされていなければいいけど。

「お兄ちゃん、全部終わったよ～」

そこへ、クリアクリスが城壁の上に飛んできた。

「もう終わったの？」

「うん～」

戦場に目をやると、リッチのスケルトン達に囲まれて、サイクロプスがたまらず昇天していくのが見えた。もうクリアクリス無しでも大丈夫ってことね。

しかし、Ａランクの魔物でもリッチのスケルトン達なら狩れるとわかったのは嬉しい情報だ。

ちなみに、それよりもちょっと強そうな、大柄で顔に傷を持っていたサイクロプスもいたけど、そいつもクリアクリスの炎の槍と水の槍の爆発で、吹っ飛ばされてました。

アイテムボックスに入ってきたアイテムを見ると、どうやら上位種の〝サイクロプスリーダー〟というそうです。

それで【サイクロプスリーダーの角】というアイテムが手に入ったんだけど、アイテムの説明欄には「アダマンタイトよりも硬い」とあった。

凄いなあ、せっかくアダマンタイトでクリアクリスの装備を作ったのに、それよりも硬いなんて言われたら、また作りたくなっちゃうよ。


さてさて、戦闘も終わったので捕虜(ほりょ)達と話をしようかな。

「俺達は金で雇われてただけだ！　あいつらに忠誠なんて誓っていない」

「そうよ、だから何も情報なんて持ってないわ……」

私兵、というよりは傭兵(ようへい)か……何だか世知辛いな〜。

曲がりなりにも教会なんだから神様のためにとか、そういう方向の忠誠心を見せてほしいものだ。

街を襲った経緯についても聞いてみた。

捕虜達の話では、やっぱりアーブラ司祭はダークエルフを捕まえる目的で来たらしい。

わざわざ私兵を動員してまで攻めてくるってことは、それだけエルフが貴重なんだろうね。最高に美しいからって、奴隷にするなんて本当に身勝手極まりないな。

まあ今回は、それを企んだ首謀者達がまとめて天に召されたから一安心なんだけど、心配は残るよね。

アーブラ司祭みたいな連中が、また来るかもしれないってことだ。

それだけじゃない、ダークエルフを迫害している、エルフだって攻めてくるかもしれない。今回の戦闘で大抵の者には負けないっていうのは証明されたけど、心配だよね。

潜入は水晶で防げるとしても、警戒は怠らないようにしないとな。街の外で攫われたり、なんてことは普通に起こりそうだし。

「とりあえず、捕虜の人達はどうしようかな……」

このまま解放するには大人数過ぎるし、暮らしていけないからと盗賊になられたら困る。

かといって、このままバライクラスのギルドに連れていっていいものかどうか。

「お願いだ、助けてくれ。街に家族がいるんだ」

「私もよ。お金を届けないと子供達が……」

もっと世知辛い話が出てきたよ。お金が絡むとこういうことあるんだよね……。

まあ、どのみち教会と関わることにはなるし、手放した方がいいのかな。

「街を襲ったんだ。雇われていたとしても罪を免れるとは思わんことだな」

「そうだな。俺達がバライクラスまで連行するよ。こいつらはそこでちゃんと罰を受けて、子供達に会えばいいさ」

ルーファスさんとエイハブさんがそう言ってくれた。グルグル巻きにされた兵士達を連れて歩き出す。

エイハブさんがエリンレイズから来た時に連れてきていた馬車を使って、またバライクラスへ向かってくれるみたい。

二人だけじゃ大変だろうと思い、僕のデッドスパイダーとアイアンゴーレムを護衛につかせることにした。

この二匹がいれば、万が一逃げられても捕まえられるでしょう。

「じゃあ、行ってくる。留守の間、イザベラを頼むな」

「はい、よろしくお願いします。こっちは任せてください」

僕はそう言ってエイハブさん達を見送った。


結局、このアーブラ司祭騒動は、僕の懐と戦力の強化に繋がっただけでした。

あと、クリアクリスの装備のテストにはちょうどよかったね。

戦闘で目立っていたのはクリアクリスやスケルトン達だったけど、ダークエルフさん達も負けず劣らず強かった。

今回のサイクロプスも三十体くらいはダークエルフさん達の手柄です。

弓矢を強化しているので当然だとは思うけど、地の身体能力が高いんだろうね。

あとは、ミスリル装備に身を包んでいるから、単純に見た目がカッコイイんだよな～。

そしてサイクロプスのドロップアイテムは素材だけでなく、ジェムも手に入った。

サイクロプスリーダーの方のジェムも手に入ったから、使役できるのは合わせて二体。かなりの戦力アップだ。

サイクロプスリーダー自体は通常種と同じAランクだけど、上位種なだけあって普通のサイクロプスよりも強化に使うジェムが多いんだよね。

普通のサイクロプスは強化に使うジェムはせいぜい百個ほど。でもリーダーをさらに強化するには残念ながらジェムが足りなかった。Aランクの魔物でこれじゃ、先が思いやられるよ。

まあ、戦力はそんなに必要としていない状況だからいいんだけどね。

何はともあれ、ダークエルフの街は見事に完成しました。ここが新しいエルフの里になっていくんだ。

あとは穢れとの戦いが気になるけど、あちらさんはどう動いてくるのかな。

第九話　平和になりました

防衛戦のあった日から数日後。

今日もこの街は平和。暖かな朝日が街を照らしています。

あ～平和だ～。

「レンレ～ンおっはよ～」

遅起きをして屋敷のリビングに行くと、元気な声がかかる。

ソファーでくつろいでいるこの子はウィンディ。たまたまファラさんと一緒に助けたのがきっかけで、仲間になった冒険者。

緑の髪でツインテール、とても可愛い容姿をしているんだけど、少し空気が読めないのが玉にきず。

「ああ、ウィンディおはよう。ファラさん達は？」

「ファラさんは街道の警備に向かったよ。エイハブとルーファスも一緒かな」

「お兄ちゃ～ん、おはよ～」

ウィンディと話していると、クリアクリスがやってきた。とても眠たそうに目を擦っている。

「クリアクリスおはよう。まだ寝ててもいいんだぞ」

この子はクリアクリス。僕の可愛い妹、いや、娘か？　それは本当のご両親に失礼か。

コリンズという、エリンレイズのおバカな領主が、僕らの宿泊していた宿【ドリアードの揺り籠亭】の前に捨てていったのだ。

それから怪我を治して匿って以来、行動を共にしている。だけどいつかは、ご両親のもとに届けたいと思っている。

僕の過保護で強くなってしまったけど、元から人間離れしています。まあ、角を見てわかるように魔族なので、最初から人間離れしているといえばそうなる。

「お兄ちゃんが起きるなら起きるの……」

「はは、お利口さんだな」

クリアクリスが可愛過ぎるので頭をなでなで。

気持ちよさそうに目を細めるクリアクリス、まったく、可愛い娘です。

「レンおはよ」

「ああ、エレナさんおはよ～」

このオーバーオール姿の女性はエレナさん。ドワーフと人族のハーフなので褐色の肌。

彼女のお爺さん、ガッツさんに僕の嫁になるまで帰ってくるなと言われて、その言葉を律儀に守ろうと僕らの旅に同行している。

ガッツさんの言葉なんて気にせず、テリアエリンで平和に暮らしていてもよかったのに。僕なんかにはもったいないほど、可愛い子です。

「レンはこの後、カマドの方には行く？」

「その予定なんだけど、ファラさん達にも挨拶してから行こうかな」

ファラさん達は街道の警備に当たってくれているという。

リッチが召喚したスケルトン達も警戒してくれているので大丈夫なんだけど、働き者のファラさん達は自らやってくれる。本当に頼りになります。

「じゃあ、私は先に行ってるね」

エレナさんはそう言って屋敷を出ていった。

「じゃあ私はレンレンと一緒にファラさん達に会いに行こ～っと」

「私もお兄ちゃんと一緒に行く！　ウィンディと一緒にお兄ちゃんと手ぇ繋ぐ～」

ウィンディが僕の手を取ると、クリアクリスも空いている手を握ってきた。

柔らかな手が僕を引っ張っていく。何だか連行されているようだけど、幸せだな～。まるで親子のようで涙腺（るいせん）が緩みます。

「やあ、レン。二人に振り回されてるのかな？」

「ははは。まあ、そんなようなものです」

途中でファラさん達に遭遇。ちょうど警備から帰ってくる途中だったみたい。行く手間が省けたね。

「よっレン。相変わらずだな。俺達はこの後城壁に上がってるからな」

「ま、この間の襲撃以来、特に何もねえんだけどな」

「まあまあ、警戒しておくに越したことはないだろ？」

バライクラスへの護送から帰ってきたばかりのエイハブさんとルーファスさん。そんなことを言いながら、城壁へと向かっていった。

本当に仕事熱心だな～。

エイハブさんは、僕がこの異世界に来た時に初めて優しくしてくれた人だ。

無一文で放り出されたところだったから、お金をくれてとても助かったんだよね。チートがあったから、今思えばあのままでも何とかできたんだろうけど、親切心は素直に嬉しかった。

ルーファスさんは、僕が宮廷魔術師マリーに恨みを買って投獄された牢屋で出会った冒険者。魔物のスタンピードから敵前逃亡した罪で捕まっていた。正直、最初は仲間にすることに不安もあったけど、今では頼りになるおじさんだ。

そんなおじさんコンビ。武器はエイハブさんが槍でルーファスさんは短剣だね。

「あ、そうだ。ファラさんおはよう」

「ん？　……まさか、それを言うために私に会いに来ようとしたのか？」

「挨拶しないと気持ち悪くて」

挨拶で始まって挨拶で終わる。日本人として当たり前のことだからね。

「ふふ、レンは面白い。じゃあ改めて、おはようレン」

ファラさんは微笑んだ。

とても綺麗な女性ファラさん。金髪で長い髪、最初はギルドの受付係だったんだ。

一番タイプだったので彼女の受付に行ったんだけど、まさか、その時は一緒に行動するようになるとは思わなかった。

彼女はレベル50越えの超ベテラン冒険者で、実は他の街でも有名だった。それに、どうやら貴族にも縁があるらしい。それを知った時にはそりゃもう驚いたよ。

「じゃあ、僕は鉱山で製作してくるよ」

「ああ、行ってらっしゃい」

「じゃあ、私もついてくよレンレン」

「こら！　ウィンディまで行ったら邪魔になるからダメだろ」

「え～」

僕が鉱山に行くと言うとウィンディもすかさずついてこようとしたが、ファラさんが彼女の首根っこを掴んで阻止してくれた。

ファラさんがウインクで合図してきたので、僕は思わず目を瞬く。

たまに突然こういう可愛らしい仕草をしてきて、彼女は僕を惑わせるのだ。魔性の女というやつか？

コリンズ伯爵に呼ばれたパーティーでも綺麗なドレス姿で、僕は終始ドギマギしていたもんだよ。

何だか懐かしいな〜。

間違いで召喚されたけど、気が付いたら僕らはこんな愉快な仲間達で構成されていた。

今ではどこにも負けないチームワークで繋がっているという訳です。

……あっ、違う違う、ウィンディはただの御者だっけ。

◇

そんな平和な一日の翌日。

今日も今日とてダークエルフの街は穏やかだ。

「コヒナタ〜、今日の服はどうかな？」

平和なので、ニーナさん達ダークエルフの女性陣とファラさん達が、最近はお洋服を作りまくっている。

一種のファッション革命が起きています。何故か、みんなで僕に新しい服を見せてくるんだけど、そういうセンスを僕に求められても持ってないので、可愛いとか綺麗とかしか言えないんだよね。

「みんな可愛いなあ本当に……」

無難な言葉で褒めてもみんないい反応をしてくれる。

みんな優しいな～、こんな見え透いた褒め言葉でも喜んでくれるなんてさ。

「こんなフリフリの服、コリンズのパーティー以来だな」

「ファラさんとレンレンだけ、パーティーに行ったんだよね。いいなあ～」

「こういうフリフリのお洋服も……女の子なら一度は着たいよね」

ファラさん、ウィンディ、エレナさんの三人で可愛い洋服を身に纏い、仲良くあの時の話をしている。

エレナさんとウィンディもああいうドレスを着てみたかったみたいだね。もしかして、だからあの時あんなに行きたがってたのかな。

「イザベラちゃんは着てきた服と比べてどう？」

「全く遜色ありませんよ！　とても可愛くて、もしかしたら価値も凄く高いかもしれません」

イザベラちゃんが最初来た時に着てきた服も、とても綺麗で可愛かった。

でも今着ている服はそれ以上に可愛い、白基調で青いフリルのついているドレスだ。

「お兄ちゃん私は？」

「はは、クリアクリスももちろん可愛いよ」

「ムフフ～」

クリアクリスもくるくると片足立ちで回転しながら、頬を押さえて喜んでいる。

彼女も白基調の赤いフリルのついたドレスを着ている。何だかイザベラちゃんと対（つい）になってるみたい。

世界樹の麓（ふもと）の屋敷の前で、こんなに可愛い女性達の可愛い姿が見られるなんて、贅沢な話だよね。

この後死んでしまってもおかしくないくらいの幸運だけど、大丈夫なのかな？　元々運がないと思っていた僕としては何だか恐ろしいよ。

『――コヒナタさん、少しお話を』

「ん？　世界樹さん？」

そんな幸運に怯えていると、頭の中に声が響いた。

声に聞き覚えがある。世界樹さんが念話を送ってきているようだ。何だろう？

「ごめん、ちょっと世界樹と話をしてくるね」

「は～い」

「世界樹さんによろしくね」

みんなには、この数日の間に世界樹に自我があることは伝えてある。穢れのことはルーファスさんとファラさんだけだけどね。

僕は屋敷に入っていき、ど真ん中に立っている世界樹の幹に向かった。

幹に触れると、一瞬で僕は世界樹の上方へと転移させられた。

これで二度目だけど、転移は一瞬で景色が変わるので未だに変な感じだ。

「こんにちは。話したいことって何？」

「そろそろ、私が成長できそうなんです。それで、やはり私に名を付けてもらおうと思って」

そういえばまだ、名前を付けていなかったね。

「う〜ん。急に言われてもな」

「急じゃないですよ。考えておいてくださいって言ったのに〜」

少女がでふて腐れています。考えていなかったものはしょうがない。

世界樹の名前なんて凄い存在のネーミング、ありきたりなものかお決まりなものしか浮かばないんだよ……。

「成長するのに名が必要なの？」

「真の名前——真名がないとダメなんです。そういう決まりなんです」

「あ、決まりなんだ……」

何だか面倒くさい決まりだな。成長するとどうなるのか気になるから、一生懸命考えるけどね。

「う〜ん、世界樹だからワールドツリー……ワイリー……とか？」

「何ですか、その悪者みたいな響きは……真面目に決めてください」

世界樹さんが呆れた目で睨んできます。しょうがないじゃん、真面目に考えてるよ……。

決めるの大変だから声に出してみただけだよ。流石にそんな名前にしようとは思っていない……

いや、本当だよ？

「女の子っぽい方がいいよな～。ワー、ワー……。例えばだけど、ワルキューレ、とかだと世界樹っぽくないよね？」

「ワルキューレ？　何だか強そうな名前ですね」

「えーっと確か、戦場の女神か、死神だったかな。僕のいた世界では、戦死者を天界に連れていっちゃうとか言われてた」

「それ、いいですね」

「え？」

「世界樹は、この世界の死んだ人が通っていく場所だとも言われているんです。本当は、そんなことはないんですけどね」

思い付きだったのだけど、結構気に入ってくれたみたいだ。

「じゃあ、君は今日からワルキューレだ」

僕が彼女に向き直ってそう言うと、彼女の身体、そして天まで届く世界樹全体が輝きだした。

目を開けていられないほどの輝きだった。

しばらくすると輝きは収まり、さっきまでと違う格好の少女が跪(ひざまず)いていた。

「ワルキューレ、確かに名を受け取りました」

世界樹の分体である少女が、まるで戦乙女(いくさおとめ)のような鎧を着た姿になっていたのだ。

「おお……凄いね、何でそんな姿に？」

「これは、コヒナタさんの記憶に沿った姿ですよ。ワルキューレという名前から、見た目はこんな感じだと思っていたのでは？」

なるほどね。確かに、鎧を着て、武器を携えているカッコいい女の子しかイメージできないや。

「さて、私は成長したことであの街に結界を張ることができました。これで不純な者が入ってくることはありません」

「えっ、じゃあ、あの水晶はいらなくなっちゃったのか」

「そうですね」

ワルキューレははっきりと答えた。

「あんな水晶なんていらないです。私だけいれば大丈夫です」

何故か、水晶を敵対視しているような言い方である。街を守る者としての、ライバル意識でもあったのかな？

「わかったよ。とりあえず、水晶は置いてはおくけど、結界はお願いね」

「捨てていいのに、あんなもの」

「性能だけで言えばそうかもしれないけど、仲間のエイハブさんが苦労して持ってきてくれたものだから、捨てられないよ」

「そうですか……」

水晶がそんなに憎いのか、捨てられないと言うとちょっと残念そうにしています。

あの水晶に、そうまでさせる何があるんだろうか？

「とりあえず、用事は一旦済んだかな？　下に戻るね」

「ああちょっと、上を見てください」

急に呼び出されたので、用事が済んだのなら帰ろうと思ったら、ワルキューレに止められた。

上方を指差しているので見上げると、ゲームとかアニメで見たことのある光景が広がっていた。

「凄い、木の傘みたいだ……」

雲よりも高いエリアに、木の枝が広がり傘のように陽の光を受けている。

まさに、世界樹といえばこういうものだという光景を目の当たりにして、僕は息を呑んだ。

「今までの姿は、生物で言うところの幼体だったんです。これが、私の本来の姿です」

ワルキューレは誇らしげに話してきました。

幹だけの世界樹だと最初は思っていたんだけど、そういうことなのね。

これだけは、僕に最初に見せたかったんだね。でも、これじゃ世界樹の下がちょっと日陰になってしまう気もする。

「これ、陽の光は遮（さえぎ）らないの？」

「それなら心配ありませんよ。ほら」

指摘すると、世界樹の遥か根元を指差す。

確かに、不思議なほど暗くなってはおらず、周辺と変わらない日光が地上に差していた。

「世界樹は、陽の光を吸収して外に出せるんです。夜は月の光でも同じことができますから、言ってくれれば明るくできますよ」

昼はまだしも夜もなんて、凄い。世界樹ってそんな照明みたいな仕事もできるのか。

僕もチートだけど、世界樹も相当チートな存在だね。


「お兄ちゃんお帰り〜」

「お帰りなさい、コヒナタ様」

しばし空の上でまったりして、屋敷に帰ってくると、クリアクリスとイザベラちゃんに迎えられた。

「この後は、カマドに行くのですか？」

「その予定だよ」

「そうですか、では私も、街のお手伝いを終えたらそちらに伺いますね」

イザベラちゃんはそう言って屋敷から出ていった。それを言うためにわざわざ僕を待っていてくれたのかな？　つくづく、できた子だな〜。

「カマドに行くなら私も行く〜！」

「はは、じゃあ一緒に行こう」

イザベラちゃんと違ってクリアクリスは年相応の性格。

もちろんこれはこれで癒し枠なので、ほっこりしてクリアクリスの手を握った。

イザベラちゃんも、彼女のように無邪気に暮らしてほしいけどな。

……まあ、彼女の境遇がそうさせてくれないんだろうけど、別にイザベラちゃんのせいじゃないからね。僕らは焦らずに彼女と接していくしかないか。


「カッマド～、カッマド～」

握った手をブンブン振り回しながらご機嫌なクリアクリス。

僕とエレナさんと彼女の三人で、カマドへの道を歩く。

鉱山への道も、この間リッチのスケルトン達を借りて整備したのでかなり歩きやすくなった。

やっぱり、数は正義だね。

鉱山に着いたら、僕はミスリル掘りへ。エレナさんは鍛冶を進めるみたい。

そうそう、僕が作ったものは強くなり過ぎて逆に危ないこともあるから、みんなの装備を作る時以外はなるべくエレナさんに作ってもらうことにしたんだ。

スキルレベルは上げたいけど、それ以上にエレナさんを強くしたいという気持ちもある。

彼女は彼女で頑張っているからね、どうしても応援したかった。

でも、頑張りが過ぎるから時折心配になる。いつか病気や怪我をしてしまうんじゃないかって。

だから、なるべく近くで見守ってあげたい。僕が近くにいれば何とかなるからね。

第十話　世界と〝穢れ〟のこと

世界樹の名前を決めてから数日が経った夜。

この日は魔物が結界の外で騒いでいた。どうやらリッチのサイクロプス部隊が出動して、猛然と追い払っている様子。

リッチは死体を操れる訳だけど、はっきり言って僕の上位個体のような気がする。何度か言っているけど彼もチートだよなあと思う。

チートとチートが協力し合っているので、最強の街になりつつあるね。

ダークエルフの戦力も僕の装備で鬼強化されているので、とっくに世界一の街になっているかもしれない。

最初は家も葉っぱでできていたのに、今や立派な城塞都市と言ってもいいくらいだもんな。

「レンレン〜、お客さんだよ！」

屋敷でくつろいでいたところに、ウィンディがやってきた。

「え？　誰？」

「ニブリスさんだよ～」

「ニブリスさんって、あのテリアエリンの？」

「そう！」

イザベラちゃんに続いて、これまた懐かしい人が来たな。

召喚された最初の街テリアエリンで、見ず知らずの僕にミスリルを卸させてくれて、街を出る時にもお世話になった人だ。

まだエリンレイズにいた頃、テリアエリンへ戻るというエイハブさんに、お元気ですかっていう手紙を託していたんだけど、まさか、直接返事を聞けるとは思わなかったな。

そんなことを思いながら、ウィンディと一緒に僕は南門の方へと歩いていく。

「お久しぶりです。コヒナタさん」

「こちらこそ、お久しぶりです」

南門には、人の乗る馬車の他に、荷馬車も数台並んでいた。

馬車の前にニブリスさんがいて、僕に深くお辞儀をしてくる。何だか恐縮しちゃう。

「突然、どうしたんですか？」

「エイハブさんからいただいた手紙を読んだら会いたくなってしまって。それに、その後に別の手紙で、ここにギルドの誘致を提案してくれたでしょ。これでも私はギルドの長なので、直々に指揮を執りに来たんです」

なるほど、あの荷馬車は建材を積んでるって訳か。

その指揮官として、僕もよく知っていて心強い人が来てくれた。ありがたいな。

「ははは、何だか行き当たりばったりで街作りを手伝ってまして……え、待ってください。ギルドの長って、どういうことですか？」

「あっ、そういえばコヒナタさんには、私の役職が何なのか、ちゃんと言っていませんでしたね」

「はい……」

「私は商人ギルド全体をまとめる立場で、グランドマスターと呼ばれています。テリアエリンではギルドマスターを兼任していました。エリンレイズではビリーもお世話になったと聞いています。改めて、ありがとうございました」

「……ええ⁉」

久しぶりの再会に感動していると、凄い事実が判明しました。ニブリスさんは街のギルドどころか、商人ギルド全体の最高責任者だそうです。

僕は驚き過ぎて後ずさりしてしまった。

「私は各地のギルドを回っているんですが、行く先々でギルドマスターの代わりを務めて、そのギルドがちゃんと機能しているか、問題が起きていないか確認していたんです。次はエリンレイズに行く予定だったのですが、その前にコヒナタさんがそこのギルドを良くしてくれたようなので、こちらに先に来てしまいました」

ふふ、と笑うニブリスさん。

「しかし、あのギルドにゾグファのような男がいるとは……やはりもうちょっと頻繁に街を回らないといけませんね」

ニブリスさんは顎に手を当てて考え込む。

要は、トップにいる人でありながらギルドを回って、不正や、ゾグファみたいな悪人を摘発しているってことだよね。

とても最高責任者がやることじゃないけど、ニブリスさんの信念がそうさせてるんだろうな。凄いよ。

「世界樹も立派ですね……結界も逸話通り、悪しきものを通さない。この街でなら清い商売ができそうです」

「そう言ってくれるとワルキューレも喜びます」

「ワルキューレ?」

首を傾げるニブリスさん。

ああそうか。世界樹の名前を決めた後、街のみんなにはそのことを共有したけど、外の人にはまだわからないよね。

世界樹の名前だと伝えると、「かっこいい名前ですね」と喜んでくれました。

これからワルキューレも世界に認知されるのかな。何だか嬉しい。

「これからは、その世界樹から産出した素材が、世界に出回ることになります。それについて、コヒナタさんとお話があるんです」

「わかりました。じゃあ、ギルドの予定地にはファラさん達に案内をしてもらうので、僕らはその間に話しましょうか」

「はい、ありがとうございます」

僕の屋敷にニブリスさんを案内する。といっても、ギルドの予定地もこの近くだ。

早速建設が始まるんだろうけど、これからもっとギルドの関係者が色々と来ると思うので、また忙しくなるね。

屋敷に入って、リビングにあるソファーに座る。

「それでは単刀直入に……世界樹の素材についてどこまで知っていますか？」

「人族なら普通は持っていない素材、ということくらいですかね」

エイハブさんが交渉材料に使っていたくらいだから、とても珍しい物っていうのは知っているけど、それ以上は詳しくない。

「そうですか。それだけですか」

ニブリスさんは頷いてから、こう話した。

「この世界には、長いこと世界樹の無い状態が続いていました。今まではエルフの国に貯蓄されているものだけが取引されていたのです。この街に世界樹ができたことで、これから世界は大きく変わります」

口調が暗くなり、顔を俯けるニブリスさん。

「今まで素材の在庫を独占できていたエルフは、もちろん黙っていないでしょう。そこで私達、商人ギルドの出番という訳です。商人ギルドが仲介することで、エルフとの摩擦を最小限にします」

「摩擦って――」

「もっとはっきり言ってしまえば、戦争です。人族とエルフの」

何てことだ、世界樹ができただけで戦争になっちゃうの？

「驚くのも無理はありません。ですが、安心してください。世界樹の結界もしっかりと張られているようですし、当分はそんなことにはならないですよ。それに、レイティナ様やレイズエンドの王様も、そうならないように動いてくださっています」

「レイティナさんが？」

「ええ、そうです。コヒナタさんは各国の王族からも一目置かれているんですよ」

「そうなんですね……」

レイティナさんの出自を知った時から何となく予想はしていたけれど、やっぱり僕の存在が王族に知られているのは信じられないな……。

「エリンレイズの商人ギルドでビリーに武器を卸したでしょ。凄い品質の武器が出回ったことが、グランドマスターである私の耳にも届いていたんです。私に届いたということは、王族の方々にも届くということです。そして、私はエリンレイズにコヒナタさんがいるのではないかと思って調べたら、その通りでした。あのミスリルを見た時から、変わったスキルをお持ちだろうと思ってはいたんですが……ビリーに先を越されてしまいましたね」

ニブリスさんは悔しそうな声を出したが、すぐに笑顔になった。

「ですが、今回は私が一番です。コヒナタさん、私に世界樹の素材を取引させてください。世界に均等に枝や、葉や、雫が行き渡れば、エルフも独占を諦めるはずでしょう？　対立はするかもしれませんが、少なくとも戦争になるのは回避できるのではないかと思うんです」

なるほどね。みんなが持っているもののためにわざわざ戦争を起こすとは、考えにくいもんね。

「本当に戦争が防げたらいいですね……」

「その可能性を少しでも増やしたいですね。レイズエンドの王も、早速エルフ達と交渉を始めているそうです」

色んな人が平和に向かって動いているんだね。

街作りしたら花を受け取って、芽が出た。それだけなんだけど、僕は余計なことをしてしまったようだ。

ニブリスさんと話していて、僕は一つ気になることを思い出した。この人になら、話してもいいだろう。

「そういえばワルキューレが、エルフは〝穢れ〟に操られているって言っていたんですが」

「穢れ？」

僕の疑問にニブリスさんは首を傾げた。

何か知っているかもと思ったけど、やっぱりわからないよね。

「私も話に加わってもいいですか？」

二人揃って首を傾げていると、話題にしているその人が現れた。

眩い光と共に、戦乙女みたいな青白い鎧を身に纏ったワルキューレが現れ、僕の隣のソファーに座ったのだ。

いきなり転移してきた彼女に、ニブリスさんは口を開けたままポカンとしている。

「私がワルキューレです。どうぞよろしく」

「は、はい……」

ワルキューレが握手を求めると、ニブリスさんは目を白黒させながら応じた。

「まるで夢のようです。世界樹様になんて」

「あら、それは嬉しいです。そんなにおだてても何も出ませんよ」

ワルキューレは両手をブンブンと顔の前で振って照れている。尊敬の念を向けられて、嬉しさを隠せないみたい。一方のニブリスさんは感動しきりだった。

「さて、話を戻しましょうか。ニブリスさん、この話はできる限り多くの人々に知らせてほしいのです」

「はい！」

「どうか、心して聞いてくださいね」

ニブリスさんは目を輝かせて、ワルキューレの話に聞き入っている。

僕も思わず身を乗り出して耳を傾けた。

「エルフ達は皆、今のエルフの王である、エヴルラードという者に支配されているのです」

「その王が、穢れに操られている……ということですか？」

「いいえ、エヴルラード自身が、穢れなのです」

王自身が穢れってことは、そいつがエルフ達を操っている張本人で、操り人形とかって訳じゃないんだね。

「そんな……穢れとは、そもそも何なのですか」

ニブリスさんの疑問はごもっとも、僕も気になっていました。

「穢れとは、魔の者達のことです」

「魔の者……？　魔族ではなくて？」

「魔族はマナを多く生まれ持った者達のことです。魔の者というのはそれとは大きく違います」

僕とニブリスさんは話を聞いて、ゴクリと唾を呑み込んだ。

話が何だか大きくなってきたよ。

「魔の者は、どちらかといえば魔物に近い存在です。人に憧れ、人になり損なった存在。その中でも特に大きく力をつけたのが、エヴルラードなのです」

そんな存在にエルフ達は気づかないのかな？

「エルフ達は何の疑問も感じていないのですか？」

僕が思っていたのと同じことをニブリスさんが口にした。

エルフ達も馬鹿じゃないはずだ。自分達と違うものをエヴルラードに感じないのかな？

「……エヴルラードという名前のエルフは、かつて存在していたのです。ただ、それを穢れである者が殺して成り代わってしまった」

「じゃあ、偽者ってことなのか」

僕が思わず声を上げると、ワルキューレは頷いた。

「人族の国王とは比べものにならないほど、エルフの王は特別な存在とされています。変わっているところがあるとしても、それは王族だからと片付いてしまうのです。そう――たとえ、不老不死でも」

「不老不死ですって⁉」

ラスボスらしい特性ですね。戦うことになったら苦労しそうだ。

ただその割にワルキューレは、あまり気にしている様子もない。

「ですが私達には、全ての異常を回復させてしまう世界樹の雫があります。それをかければ、支配されているエルフは浄化できますし、穢れであるエヴルラードも倒せます」

「ええ！　そうなの？」

「もしや……雫って、以前テリアエリンの街で住民に配られたあの万能薬ですか？」

ニブリスさんは何やら思い当たる節がある様子……って、それもしかして、僕があの街を飛び出す時に、レイティナさんに渡したやつじゃないか？

流石に〝世界樹の雫〟のままで配っちゃまずいと思ったのか、万能薬ってことにしていたみたいだね。

「そうですよ。コヒナタさんが腐るほどの量を持っています」

「そんな凄いものを腐るほど……」

呆れにも似た顔で僕を見つめるニブリスさん。何だか恥ずかしいです。

「なので私達は、これから隙あらばエルフに雫をかけていって、兵力を削いで、最終的にはエヴルラードにぶっかけてしまえば終わりです」

今までの緊張感はどこへやら、といった感じでワルキューレはどや顔で言い放った。

水をぶっかけただけで終わるなら平和でいいな。

「その間、身内で戦争にならないように人族には団結していてほしいのです。そのためなら、枝でも葉でも、商人ギルドに供給します」

「それは願ったり叶ったりですが……私達に一任していいんですか？」

「あなた達なら大丈夫。この街に入ってこれたんですから」

結界は悪しき心を持っている人を追い出すシステムになっているわけで、この中に入ってこれるってことは、間違いなく心の綺麗な人なんだよね。

だから、ニブリスさん達は大丈夫だ。

「街に入る時にお仲間から伺いましたけど、便利な結界ですね。他の街にも是非作りたいものです。といっても、そんなことをしたら貴族の過半数は入れなくなりそうですが」

ニブリスさんのジョークに僕は苦笑い。コリンズみたいな人がそんなにいるんだね。

何なら王族もその中に混ざってくるんじゃないかと不安になるよ。テリアエリンの先代の王もなかなか酷かったしね。

「改めてお願いします、力を貸してください。穢れから世界を守るために」

「わかりました。レイズエンドの王やレイティナ様にも知らせます」

ニブリスさんは自信を持ってそう言ったけど、その隣で僕はあることを思い出していた。

「……そういえば、今レイズエンドの王はエルフ達に、交渉を持ち掛けてるんじゃなかったでしたっけ？」

レイズエンドの王はエルフ族に呼び掛けて、争いを未然に防ごうとしているという。

でもその交渉で直接エルフに会うとすると……もしかしたら危険じゃないかと思ったのだ。

「あ、確かに……」

「でも、まだ流石に直接会うことはないのでは？」

はっとニブリスさんは顔を青くしたが、ワルキューレは冷静にそう尋ねた。彼女の言う通り、まあまだ書状を出した程度だとは思うんだけど、どうなんだろう。

「レイズエンド王は、私がここに向かうのとほぼ同時に、エルフ族の国境の街、ルナルドに向かっておられました。ちょうど今頃着いたくらいだと思います」

「そう……まあ、街に入った途端に袋叩きなんてことはありません。エルフ達は、操られていても普段は普通に暮らしているんです。すぐに穢れの本体と接触することもないはずです」

なるほどね。心配ではあるけど、いくら交渉のためとはいえ、王様もちゃんとした護衛部隊は付けているはず。

今から僕達がそこに向かうのは現実的じゃなさそうだ。それならば……。

「じゃあ、穢れは寝て待とう」

「何ですかそれは？」

知らない言い回しに、首を傾げるニブリスさん。

「いや、今から行っても間に合わないから、向こうから来る時を待とうと思って。操られているエルフには、雫ぶっかけて終わりなんですよね？」

エルフ一人一人に雫をぶっかけないといけない以上、散り散りに逃げられてしまうと追うのが大変なのだ。まとめて来てもらった方が効率もいいだろう。

「そ、そうですね……コヒナタさんならそれもできてしまいそう」

若干びっくりしつつも、ニブリスさんはそんなことを言った。

それにこっちには世界樹がついているんだから大丈夫。

街の防御をさらに高めて、お堀なんかも作って、迎え撃ってやろうじゃないの。

◇

翌日から早速、トンテンカンと建物を作る音がダークエルフの街に響いていた。

商人ギルドの建物は、もうおおよそ半分ほど完成していた。

街の面積は大きめにとってあるので、まだまだ人の入居は可能。

冒険者ギルドも誘致していくつもりなので、この先街はもっと賑やかになっていくだろうな～。楽しみです。

「レン、スケルトン達が結界の外に野盗を見つけたようなんだが、向かわせるか？」

みんなでリッチの報告を屋敷の中で聞いている。

「うわー。新しい街を作ると群がってくるんだよね……出入りする人をつけ狙ったり、おこぼれにあずかったりするためにね」

ウィンディの反応を見るに、ハイエナみたいなやつらってことなのかな。武装している冒険者よりも、一般の人達を狙う辺り卑劣だよね。

まったく、エルフとかの問題が出てきて忙しくなってきたんだから、空気を読んでほしいな～。

「あれ？　そういえば、リッチやスケルトン達は結界があっても大丈夫なんだね」

「……確かにそうだな。何でだ？」

そこへエレナさんが疑問を投げかけた。ファラさんも首を傾げている。

リッチやスケルトンも魔物の一種だ。世界樹の結界は〝悪しきもの〟を遠ざける訳だけど、リッチ達は影響を受けていない。

それが何でか、二人は気になってるみたいだけど、簡単なことです。

「リッチもスケルトンも僕がコネたからね。聖属性になってるんだよ」

アーブラ司祭の私兵との戦闘で猛威を振るった、聖属性のスケルトン部隊。千体以上もいるスケルトンをコネるのは大変だったけど、何とか遂行したんだよね。

時間がなかったので壁の建築をしながらコネコネ、鍛冶の合間にコネコネ、眠りながらコネコネ……全員をやるのは本当にしんどかった。

「相変わらずだな。レンは」

「レンはやはりおかしな存在だよ。聖なるものとは正反対なものを昇華させてしまうのだから」

エイハブさんには呆れられて、リッチは僕のことを褒めてきて何だかむず痒い。

「レンレン、褒められて照れてる～」

「照れてないよ」

「なあレン、もっと自信を持った方がいい。私の場合は、アルサーメンという名の時は褒められ続けてつけ上がってしまったものだが……コヒナタなら褒め過ぎることはないだろうな」

ウィンディにからかわれて反発していると、リッチがさらにそう言ってきた。僕はそんな大層な人じゃないんだけどな。

「さてそろそろ、私はスケルトンと共に野盗を狩りに行くとするよ」

言うだけ言って、リッチは屋敷を出ていく。それにウィンディが続いた。

「じゃあ、私も行く～。レンレン、ゴーレ連れていっていい？」

「ん、大丈夫。アイアンゴーレムもいいよ」

ごっついゴーレム二体を従えて、ウィンディも出かけていった。

相変わらずウィンディはゴーレにおんぶにだっこだなあ。いや、正確には肩車か。

「じゃあ、僕はまた製作してようかな。雫も集めたいから鉱山に行って、そのまま向こうで製作してくるけど、エレナさんも来る？」

「うん、私もそうする」

「私は冒険者ギルドの職員がそろそろ来るはずだから、街道で待つことにするよ」

「俺達もギルド待ちだな」

「そうだな。ファラだけじゃ大変だろう」

「助かるよ」

ファラさんやエイハブさん、ルーファスさんが今日の予定を話しているのをよそに、今度はイザベラちゃんが顔を大きく近づけてきた。

「私はコヒナタ様と一緒にいていいですか？」

そう了承を求めてくる。別に僕の了承なんて得なくていいんだけどな。

「イザベラちゃんの好きなようにしていいよ」

「やだー、イザベラはダメ」

快くＯＫを出したら、突然横からクリアクリスが割り込んできた。

彼女は普段は天使みたいな子なのに、何故かイザベラちゃんには厳しい。なんでそんな意地悪を言うんだろう？

「コラ、クリアクリス。……イザベラちゃんごめんね。いつもはこんなことを言う子じゃないんだけど」

「ブ～。お兄ちゃんには私がいれば大丈夫なの～」

クリアクリスを注意すると、頬を膨らませてふて腐れてしまった。

イザベラちゃんにライバル意識があるみたいなのはわかるけど、どこかで仲良くなってもらいたいものだ。

「いいんです。私は好かれるためにいる訳じゃありませんから」

彼女はあくまでコリンズが守っていた子供ってだけで、彼女自身は何も悪いことをしてないんだけどな。

この調子じゃそのうち、イザベラちゃんがコリンズの罪に押し潰されてしまうぞ。どうにかしなければ……。

「イザベラちゃんは固く考えすぎだよ。コリンズの罪はコリンズのものだし、あの人はあの人で今、罪を償っているんだから。イザベラちゃんまで償おうとしちゃだめだよ。僕だってもうこれ以上、コリンズのことで償いは求めてないし、それよりも困っている他の人達を助けた方がいいんじゃないかな」

コリンズに関しては、もう然るべき罰を受けている訳で、僕的にはスッキリしているんだ。

少なくとも、イザベラちゃんに何かしてもらうのは違うと思っている。

「いえ、そうではないんです……コヒナタ様には、私の命そのものを救ってもらったも同然です。その恩返しも、させてほしいんです」

あ～、そっちか。

彼女を牢獄石から解放したのは、確かに僕だ。さらに雫で回復もしている。

確かに、救われた側からしたら、恩返ししなくていいよと言われても納得できないのかもね。なんと言っても、ハイエルフですら壊せない牢獄石だからね……。

　ということは、動機としてはウィンディに近いのか。二人とも、あんまり気にしないで自由に暮らしてほしいもんだけどな。

「わかった。イザベラちゃんがそうしたいならいいよ。けど、役に立たなきゃとか、頑張らなきゃとか、そういうのは考えないこと！」

「ですが……」

「いいね？」

　ちょっと強引に言ったけど、ここは彼女自身に考え方を変えてもらわなきゃ。

　俯きながらイザベラちゃんは頷いた。まだ納得のいかない感じだね、すぐに気持ちを変えてくれるとは思ってないからいいけどさ。

「じゃあ行こうか」

　ということで僕達は鉱山へ向かった。

◇

「来たか……」

　私はコリンズ。

かつてはここエリンレイズの街を手中に収めた伯爵だったが、数々の罪や弾圧を罰せられ、罪人として牢獄に入れられていた。

だが、刑期を終えるより先に、私を殺しに来た者がいるようだった。

「……」

それが恐らく今、鉄格子の前に現れたこの男だ。

教会から暗殺者が来るだろうとは思っていた。私が教会の人間であるカーズ司祭を殺したからだ。

しかし教会のくせに黒ずくめとは、まったく悪趣味だな。

「いつかは来ると思っていたよ。私を殺すのか？」

「……」

最後の話し相手が無口な奴とは、よっぽど私は神に嫌われているらしい。

「さあ、殺すならさっと済ませてくれ」

「……ベラ」

「ベラ？　何を言っている？」

暗殺者はフードを目深（まぶか）に被っていて、顔が見えない。ただ、どこか聞いたことのあるような声だった。

私はそれに驚きつつ、今彼が何を言ったのか聞き返した。

「――ザベラ」

「イザ、ベラ？　今、イザベラと言ったのか？」

「……」

暗殺者は私の問いに何も答えない。

あの子がどうしたというのか。彼女はもう牢獄石からは救い出され、元気に暮らしているはずだ。

沈黙のまま、少しの時間が過ぎる。一つの推測に思い至って、私は口を開いた。

「もしやお前、私を殺しに来たのではなく……」

「……」

「まさかあの子を！」

答えはないまま、鉄格子の中から一瞬で暗殺者はいなくなった。

奴は私を殺しに来たのではないのか。

いや、今はそんなことよりも。

「誰か！　誰かいないか！　あの子に、イザベラに連絡を！」

私が思っている通りならば、あいつはイザベラの――。

叫ぶ私の声だけが、牢屋にこだましていった。

第十一話　もう少し防御強化！

鉱山に着いた僕は、色々と採掘中。

採掘できたミスリルとかアダマンタイトとかをインゴットにしているところです。

「まさか、ハイミスリルとか、聞いたことない金属まで採取できるようになるとはな〜」

鉱脈を掘った後に発動する採取スキルが上がったからか、ただのミスリルではないものが大量に混じっていたのだ。

恐らくミスリルの上位版の鉱石だと思うんだけど、ゲームとかではあまり聞き慣れない。

まあ、名前通り性能はミスリルの上なんだろうね。純度も高いんだろうし、これを使った装備がどうなるのか楽しみではある。

でも、既にダークエルフさん達の装備は作ってしまったからいらないんだよな。どうしよう？

「凄いなあ、ハイミスリルなんて聞いたことないよ」

「やっぱり？」

一緒に採掘していたエレナさんも、僕の採掘したハイミスリルを見てそんなことを言っていた。

鍛冶士のエレナさんが知らないんだから相当珍しいものなんだろうな〜。

「コヒナタ様、今度街の外にお堀を作られるのでしたよね？　でしたら、そのハイミスリルでスコップを作ってみてはいかがですか？」

「え？　ハイミスリルでスコップ？」

イザベラちゃんが予想外のことを提案してきた。

そんな珍しいものをスコップにしちゃうの？

「まあ、確かにお堀を作るなら、街の人達にも手伝ってもらわなくちゃいけない大工事になるけど、みんながそのスコップで簡単に掘れるようになれば、負担も減るのか」

「そうです。コヒナタ様がご自分で作業なさる分には簡単だと思いますけど、製作はコヒナタ様しかできないことです。この方が、早くお堀が完成するのではないでしょうか？」

なるほどなるほど、イザベラちゃんは色々考えているんだな。

「そういうことなら作っておくかな。じゃあ、イザベラちゃんには街のみんなに頼むのをお願いできるかな？」

「！　……はい！」

イザベラちゃんはとても嬉しそうに答えてくれた。

少しでも役に立とうとしてくれていたので、そういう風にお願いしたんだけど……僕の隣で、クリアクリスは頬を膨らませて怒っていた。

「ブ～」

イザベラちゃんに仕事を取られたと思っているのかな。

「クリアクリスさん、一緒に来てくれませんか？」

「えっ……」

イザベラちゃんが何か閃いたようで、クリアクリスを誘っている。

なるほど、クリアクリスも役に立てたと思えるように、機転を利かせてくれたみたいだ。

クリアクリスはモジモジとしながら僕の顔を見た。

迷っているのが顔にはっきり出ている。イザベラちゃんに意地を張っていた反面、クリアクリスも僕の役に立ちたい気持ちは強いみたいだしね。

「行ってきたら？　こっちの採掘はすぐに終わるし、暇だろ？」

「でも……」

「あ、じゃあ私がイザベラちゃんと一緒に行っちゃおうかな～」

クリアクリスがもじもじとしていて決めかねていると、エレナさんがそう言ってイザベラちゃんの手を取った。

それを見てクリアクリスは慌てて立ち上がり、イザベラちゃんのもう片方の手を取った。

「私が行くの～！」

「ふふ、私もクリアクリスちゃんと行きたいな」

「ありゃりゃ、負けちゃったか～、じゃあ私は採掘していようかな」

エレナさんのお芝居のおかげで、クリアクリスが見事にイザベラちゃんと一緒になった。

イザベラちゃんは、最初はクリアクリスのことを「さん」付けで呼んでいたけど、対等になろうと「ちゃん」と言い直している。何とも微笑(ほほえ)ましい。

一方のクリアクリスも、イザベラちゃんのことをすっかり歳の近いお姉ちゃんという感じに認識してしまったようだ。まだまだ子供だな、とは思いつつも、まあそこがいいところだよね。

エレナさんもクリアクリスのことを理解してきたんだな、僕も負けてられない。

「じゃあコヒナタ様、行ってきます」

「行ってきま～す」

「ああ、行ってらっしゃい」

イザベラちゃんとクリアクリスは、大きく手を振って鉱山から出ていった。

僕とエレナさんも手を振ってそれを見送る。

それにしてもイザベラちゃんはなかなかに大人だな～。

クリアクリスが彼女に対してライバル意識があるのをよくわかった上で、それを受け入れてクリアクリスと仲良くなろうと頑張っているのだ。

さっきの機転の利かせ方も上手かったし、将来は人気者になれる気がする。

ただ、今のところイザベラちゃんはちょっと僕に固執してしまっているのが、やっぱり心配。

彼女自身には何も問題ないのだから、是非とも自分の好きなことをして、友達や楽しいことを増やしていってほしい。

「エレナさんもありがとうね」

「ううん、あのくらいの歳の子って素直になれないから、私や誰かが背中を押してあげないとね」

エレナさんも大人だなあ。

「それに……これで二人っきりになれたし……」

「え？　何か言った？」

「ううん、何でもないよ～」

鼻歌まじりに採掘をしているエレナさん。何か小声で言っていたと思ったんだけど、僕の聞き間違いだったみたい。


「さて、スコップも一通り作ったから手袋も作っておこうかな」

スコップは山のように作れた。

でも、それだけだと掘ってる方の手は疲れるから、グローブみたいなものを一緒に作って、みんなの作業効率を爆上げにしようと思う。

「オーク、ゴブリン。今のうちに、街に作ったスコップを持って行っておいて」

『ゴブ！』

『フゴ！』

召喚されたゴブリンとオークは僕に敬礼をして、大量のスコップを手分けして抱え、鉱山の外へ走っていった。

そうそう、いつもならカマドで作業するんだけど、スコップくらいならコネコネで作れちゃうからまだ鉱山の中にいっぱなしなのだ。

でも鍛冶道具があった方が楽なのは確かだし、ここから鉱山の外へ持っていくのも大変なので、今のうちに採掘したものを持って僕も外に行かないと。

「僕はそろそろ外に出るけど、エレナさんの掘ったのも持っていこうか？」

「ううん、大丈夫。レンに甘えてちゃおじいに怒られるから、こういうことも自分でやんなくちゃ。ただでさえ鍛冶道具とかも用意してもらっちゃってるからね」

エレナさんは偉いな。作るだけじゃなくて、掘ったり運んだりも仕事のうちってことか。

手を抜いちゃダメなんだね。尊敬してしまうよ。

「じゃあ、僕はカマドで作業して帰るけど……何かしてほしいことがあったら、遠慮せずに言いに来てね」

「う、うん。その時はお願いしようかな」

エレナさんは僕の言葉に頬を赤くして、俯きながら話した。鉱山の中って結構湿気があるから暑いんだよね。あんまり無茶しなければいいんだけど。

最近彼女は、鉱山へ行くと屋敷に帰ってくるのも遅いことが多い。とても心配です。

「一応、ワイルドシープとマイルドシープを残していくか」

僕は鉱山の外へ向かいながら一人、声をこぼす。

エレナさんは頑張りすぎるから危ないいんだよね。マイルドシープのマクラと、ワイルドシープのワクラを陰から見守らせておこう。安直な名前ですまん。

ワクラの方は抱き枕にできるほどフカフカではなく、かといって戦闘は苦手なのであんまり出す機会がなかった。こういう場面で活躍してもらおう。

スパイダーズは服作り、ゴーレム達は戦闘、ゴブリンとオークは運搬。これぞ適材適所だね。

鉱山の外に作ったカマドに着き、僕は早速金床へインゴットを乗せる。

カマドに火を入れて、熱が回るまでしばらくポケーッとしております。

「喉が渇いたから雫飲もうかなっと」

エレナさんの分も置いてきたし、雫はすっかり僕らの常備水になっている。

ちょっとした傷はすぐ治るし、スタミナも回復するのでみんなピッカピカ。

ダークエロフ……じゃなかったダークエルフさん達もピッカピカだから、肌色が目に毒です。

ぶっちゃけ、雫を飲んでいれば二十四時間戦える状態になれるのですっごいチートだよ。

寝なくても疲れないって、元の世界にあったらさぞ最高だったんだろうな～。ゲームのガチャで手に入れた女の子も、ひたすら育成して最強にできたのにな。

まあ、そんなどうでもいいことを考えている間に、カマドの火はいい感じになってきた。

ヤットコ鋏でインゴットを挟んでカマドに投入、赤くなったら取り出して金床の上に戻し、ハンマーでトンテンカン。

三発も叩けばグローブの形になっていくインゴット。相変わらずのチートです。

『フゴ！』

『ゴブ！』

しばらく作っていると、ゴブリンとオークが帰ってきた。

敬礼して、その場に大きく足を開いて待機のポーズ。どこの軍隊なのかな？

どうやら、指示されたスコップの移動が終わったようだ。流石、強化しているだけあってこの子らの仕事は早い。

「じゃあ、次はグローブを頼むよ」

『ゴブゴブ！』

『フゴフゴ！』

了解したものかと思ったら、机の上に置いてあった雫の瓶を指差して、ゴブリンとオークが何か言っている。

「えっ、雫が飲みたいの？」

そう尋ねると頷く二体。まあ、頑張ってくれているし、捨てるほどあるのでいいか。

「はい、これからも頑張ってね」

『ゴブ～』

『フゴー』

二匹は嬉しそうに雫の入った瓶を掲げて一気に飲み干した。

するとゴブリンとオークの体が光り輝いて、鎧の下にある筋肉が盛り上がった。

いやいや、栄養剤のＣＭじゃないんだから。

「君達、何か成長しちゃってない？　サイズが変わったみたいな」

『フゴ？』

「特にオーク君はお腹というより胸囲が……」

『ゴブ？』

僕の指摘を聞いて、ゴブリンがオークの体をペタペタと触診しょくしんしている。

大きくなったので、二匹とも装備がきつそうだ。僕のスキルで自動サイズ調整機能でもつけられればいいんだけど、ないからな～。

「作り直すか」

せっかくなので、作り直すことにした。

ミスリルも山のように手に入っているので今度はミスリルで作ろう。ハイミスリルはちょっとまだスコップで様子見にしておく。

「ゴブリンはショートソードだったよね」

『ゴブゴブ！』

「えっ？　少し長くしてほしいの？　じゃあ、ロングソードでいいかな」

『ゴブ！』

身振り手振りを交えて要望を伝えてくるゴブリン。洞窟暮らしのイメージだったからショートソードにしていたんだけど、どうやら不満があったらしい。

もっと早く言ってくれればいつでも作ったのにな。

「オークも何か注文はあるかい？」

『フゴ!?　フゴフゴ……』

オークは僕の言葉に驚いて、恐る恐る希望を伝えてきた。

ゴブリンが躊躇（ちゅうちょ）なく僕に要望を言ったことにも驚いていたので、多分今まで遠慮していたんだね。

仲間なんだから忌憚（きたん）のない意見を聞きたいな。

「何々、盾に棘（とげ）をつけてほしい？」

『フゴ！』

「あとは斧で突きがしたいと……ハルバードとかかな」

『フゴ！』

オークの注文はとても戦闘的だった。流石は元オークウォーリア、って今もそうか。

戦闘のための装備のレベルアップだな。実用重視のこの子達は、できる魔物だ。

せっせこ製作していきます。グローブと並行して作るので、結構時間がかかる。

だけど、仲間のためなので全然苦ではありません。もし疲れても雫があるので問題なし。


「――よし！　これで完成」

ゴブリンとオークの装備が完成。

【ミスリルのロングソード】ＳＴＲ＋３００　ＶＩＴ＋１００　ＤＥＸ＋２００
【ミスリルのオーガシールド】ＳＴＲ＋１００　ＶＩＴ＋３００　ＤＥＸ＋50
【ミスリルのハルバード】ＳＴＲ＋５００　ＶＩＴ＋３００　ＤＥＸ＋１００
【ミスリルの鎧】ＳＴＲ＋50　ＶＩＴ＋５００　ＤＥＸ＋１００

なかなかの性能だ。

ゴブリンとオークに渡すと、嬉しそうに受け取った。目を輝かせて自分の装備に見惚れている。

『フゴフゴ！』

『ゴブ～！』

ゴブリンとオークは武器を掲げて一緒に歓声を上げた。ここまで喜ばれると何だか恥ずかしいな。

「お兄ちゃん！」

そうしていると、クリアクリスが街の方から走ってきた。

あれだけ全力疾走してきて息も切れていない。やっぱり凄い子だな。

「どうしたんだクリアクリス」

「みんな準備できたって」

「ああ、お堀を作る準備ね？」

「ううん、水を入れる準備」

「え？」

あれ、イザベラちゃんには、みんなに話しておいてって言っただけなんだけどな。

「水を入れる準備？　掘る準備じゃなくて？」

「掘るのはもう終わったよ～」

「……」

間違いじゃないみたいだね。

せっかくグローブ作ったのにな～……ってそうじゃない、流石に早過ぎだよ。

「お兄ちゃんのスコップ凄いんだよ。どんな硬い岩もサクサク掘れちゃったの。みんな驚いてたよ～」

クリアクリスはピョンピョン跳ねながら、お堀作りの様子を語った。

可愛らしいが、彼女の言葉を聞く限り、どうも僕の採掘の王のような効果が、スコップに宿ってしまったようだ。

まさかとは思うが、魔石みたいにアイテムそのものにもスキルや魔法を宿すことができるのか？

まあ、それは今度検証しよう。とりあえず、水を入れに行こうかな。

「じゃあ街に行こうか」

「うん～」

僕はゴブリンとオークをジェムにしまい、街へと歩いていく。

クリアクリスの手を取って仲良く歩くと、僕を見上げてにっこりしていた。嬉しそうで何よりです。

エレナさんはまだ採掘していると思うけど、ワイルドシープとマイルドシープが見守っているから安心だろう。


「コヒナタ～、お堀はこんな感じでいいのか？　イザベラに言われた通り掘ってみたのだが」

「いや～、レンレン凄いね、このスコップ！　水を汲むみたいに土が掘れたよ。土も重さを感じないくらいだし」

街に戻ると、ニーナさんとウィンディが僕を見つけて、声をかけてきた。

ウィンディの言っていることが本当なら、やっぱり、僕のスキルのようなものが宿っちゃってる感じだね。

お堀は城壁の外側に、三メートルほどの幅で二メートルほど深く掘られている。

これだけしっかりしたものを、僕がゴブリン達の装備やグローブを作っている間に掘ってしまった訳ね。凄いや……。

「お堀はこれで大丈夫です、ありがとうニーナさん。しかしイザベラちゃんも凄いな〜。ここまできっちりみんなを指揮できるなんて」

「あ、いえ、それほどでもないです……」

イザベラちゃんの頭を撫でながら褒めると、頬を赤くして俯いてしまった。

あ、クリアクリスによくやっているもんだから思わず頭を撫でてしまった。嫌がっていないからセーフだけど、あんまり女の子の髪を触るのはよくないよな。気を付けなければ。

「まるで王都のようになってきたね」

「ああ、何なら王都よりも強固な壁だけどな」

ファラさんとルーファスさんが話している。行ったことないけど、王都ってこんな感じなのかな。

まあ、とりあえず、清らかな水を入れていきましょう。

でも、どうやって入れていこうかな。清らかな水は一本一本が手頃なサイズの瓶に入っているので、面倒くさいのだ。

「水はどうしようか。大きな桶を作ってみんなにバケツリレーしてもらうとか……うーん」

いっそ、みんなで入れるビニールプールみたいなのを作ってそれで運んでもらおうかな。

でも手持ちの素材は木や金属ばかりなので、そんなので作ったら重たそう……。

「コヒナタ様、いっそのこと、お堀を街の中と繋げては？」

「お、それいいね！　水浴び場と水路を作って、そこから流すとかよさそう」

「あ、ありがとうございます……」

イザベラちゃんは色々気が付く子だな～。コリンズにはつくづくもったいないね。

というか、イザベラちゃんが元気なままでコリンズの右腕にでもなっていれば、彼ももっとマシな領主になっていたかもね。

改めてカーズ司祭は許せないな。まあ、もうこの世にいないからどうしようもないけどね。

「じゃあ、水路を掘っていこうかな」

「ちょっと待てコヒナタ。そういう仕事は我々がやる」

「そうです、俺達に任せてください」

僕が掘っていこうとスコップを持つと、ニーナさんとダークエルフの青年が止めてきた。

ダークエルフのみんなは僕に恩を感じているからか、進んで作業を肩代わりしようとしてくれるんだよね。助かるけど、何だか申し訳ないな。

「じゃあ、お願いします」

「任せろ！」

ニーナさんは少し頬を紅潮させつつ、胸を叩いて応えた。

「じゃ、俺達だけ屋敷に帰るのも落ち着かねえから……ニーナ達の代わりに警備に行くか」

「また野盗とか来そうだしね～」

ルーファスさんとエイハブさん、それにウィンディが街道へと向かった。

冒険者ギルドの人達も来る予定とか言っていたからね。

間違ってダークエルフさん達に射かけられたら大変だし、ちょうどよかったかな。ただ街にはもう結界があるから、危ない人は入れないはずだけど。

「じゃあ、僕はまたカマドに戻ろうかな」

僕はやることがなくなってしまったので、清らかな水の入った瓶を置いてから、製作に戻ろうと思う。

「お兄ちゃん、この水を出した瓶、何かに使わないの？」

クリアクリスとイザベラちゃんを連れて街の中へ入り、水浴び場の予定地にありったけ瓶を並べていく。

「いっぱい持ってるんだけど、使い道ないんだよね。何かあるかな？」

「聞いてはいましたけど、アイテムバッグをお持ちなんですね。それも相当な容量の……」

ポコポコとアイテムボックスから瓶を出していると、イザベラちゃんが呆然と呟いた。

アイテムバッグだと思っているみたいだけど、僕のはアイテムボックスなのだ。別にわざわざ訂正する必要もないから話は合わせるけどね。

「その瓶なんですが、私はポーションを作ることができるので、もし余るようでしたらそれの入れ物にさせていただいてもいいですか？」

「あ～なるほどね」

「コヒナタ様がお持ちの雫ほどの効果はないですけどね。冒険者ギルドが来ると聞いて、そういうお店でも開いてみようかと思っているんです……コヒナタ様が許してくれるなら」

「はは、もちろんいいよ。イザベラちゃんがしたいようにすればいい」

「ありがとうございます……その、少しでも皆さんのお役に立ちたいです」

思わず、またイザベラちゃんの頭を撫でてしまった。

しかし頭が回る子だよなあ。瓶の使い道もなかったしちょうどよかった。

「全部あげるよ。足りなかったらまだまだ持ってるから言ってね。頑張ってね」

「は、はい。頑張ります！」

イザベラちゃんを応援して僕は鉱山の方へと向かった。

「お兄ちゃん！　私は～？」

歩いているとクリアクリスが頬を膨らませてズボンを引っ張ってきた。

「はは、クリアクリスだって凄いよ。魔法も戦闘もすぐできるようになるじゃないか」

「えへへ」

クリアクリスを抱き上げると、嬉しそうに微笑んでくれた。

第十二話　刺客とその正体

みんながお堀と繋がる水路を掘ってくれている間、僕はカマドで製作。

……と思ったんだけど、清らかな水の在庫が足りなくなるよなと思い、先に森の奥へやってきた。

クリアクリスの直感で川を見つけることに成功したので、そこで採取中です。

「ん？　〝聖なる聖水〟？」

採取の王のスキルがレベルアップしたためか、変なものが採れるようになった。

聖なる聖水じゃ、意味が重複しているよ。頭痛が痛いみたいな感じで意味がわからない。

「要は清らかな水よりも凄いってことかな？」

アイテムボックスの中身を覗きながら呟く。

この感じだと、採取の王のスキルがレベルアップすると、単純にアイテムのレベルも上がるってことになるな。そうすると、清らかな清水とか出てくるのかな？　何だか安直だ。

「とりあえず、いっぱい採取しておこう。瓶の使い道もイザベラちゃんが考えてくれたしね」

まさか、ポーションを作れる子だったとは驚きだよ。

そういえば、コリンズの親友の子だとか言っていたけど、どんな人の子供なのかな。

できれば会ってちゃんと挨拶しないといけないよな。何だか親御さんに許可なく、こき使っているみたいで心苦しくなってきた。会ったらまずは土下座しておこう。

「一万本か……これだけあれば大丈夫だろう。そろそろ、鉱山に行こうか」

「うん……あれ？　イザベラの匂いがするよ」

「イザベラちゃんの匂い？」

少し離れた所で草いじりしていたクリアクリスに声をかけると、彼女がキョロキョロと周りを見渡し始めた。イザベラちゃんは街にいるはずだけどな。

「……」

「だ〜れ？」

「!?」

突然、川の対岸に黒ずくめの男が音もなく現れた。

漆黒の外套を目深に被っていて顔が見えない。

「〈ダークミスト〉」

「お、おい！　何のつもりだ！」

魔法を唱え、僕らの周囲に黒い霧を発生させる男。霧で周りが見えなくなる前に、僕はクリアクリスを抱き寄せた。

「大丈夫だよ、お兄ちゃん。私がいるもん」

「いやいや、それは僕のセリフだよクリアクリス」

守ろうとした相手から先に言われてしまった。恥ずかしいな。

とか思っていると周りは一面の黒色だ。これは敵対者と考えていいのかな？

「お兄ちゃん、やっていいの？」

「コラ、やるなんて言っちゃダメだろ。倒していいって言いなさい」

「何か違うの？」

「気持ちの問題だよ。あと、できれば殺さないでほしいし」

やるなんて言うから注意しておいた。倒すの方が、気持ちお上品かなと思うんだけど、ちゃんとした言葉は見つかりませんでした。僕の語彙(ごい)不足なので致し方なし。

クリアクリスは首を傾げながらもわかったみたい。

「もう手を離していいよお兄ちゃん」

「ああ」

ドンッ！

クリアクリスを離すと、背中に鈍い痛みを感じた。

「いてて」

「大丈夫？　お兄ちゃん」

振り返ると、僕は攻撃されていたようで、男が短剣を突き付けていた。

防具のおかげで傷すら負っていない僕に、男は驚くかと思いきや、微動だにせず黒い霧に消えていく。

なかなか経験のある奴のように感じる。でも、僕の装備には勝てないみたいだね。

「よくもお兄ちゃんを！」

「あ、クリアクリス待った！」

クリアクリスが匂いを頼りに飛び出していってしまった。

しばらくすると霧が晴れてきて、外套の男の首根っこを掴んで引きずっているクリアクリスが見えてきた。

この黒ずくめの人もクリアクリスは簡単に制圧できたっぽい。過保護なステータス爆上げ装備の成果だ。

全く音がしなかったけどどうやって倒したんだ、恐ろしいや。

お兄ちゃんも勝てないかもね……と内心傷つく僕でした。

「この人は誰なんだろう？」

「イザベラの匂いがするのもこいつだよ」

「う～ん？　じゃあ、とりあえずイザベラちゃんに見せてみようか」

ということでこの人は連行することになりました。

安全のために、ハイミスリルをコネて足かせと手錠を作ってはめておこう。コネコネで作れるのはやっぱり便利だ。

ちなみに、性能はこんな感じ。

【ハイミスリルの足かせ】ＳＴＲ－５００　ＡＧＩ－５００　ＤＥＸ－５００　ＭＮＤ－５００
ＩＮＴ－５００
【ハイミスリルの手錠】ＳＴＲ－３００　ＡＧＩ－３００　ＤＥＸ－３００　ＭＮＤ－３００
ＩＮＴ－３００

凄まじいデバフである。ステータスゼロ以下って存在するのかな？　これじゃ、この人動けないんじゃないの？

まあ、それが狙いなんだけど、流石にやりすぎたかな。

しかし、弱化する装備を作ったのは初めてだったけど、思った通りにできてしまった。

もしかすると、相手に気付かれずにこういった装備をつけられれば、無益な戦闘をせずに無力化することなんかも可能かもしれない。

例えば相手の拠点に潜入して、装備をいつの間にか作り替えておいて、動けなくするとか。あるいは戦闘中に接近して、直に相手の装備をコネてマイナスにしてしまうとか。

何だか、考えるだけでも楽しくなるな～。今度、こういう手合いがやってきたらやってみよう。

「こんなもんで大丈夫だろう。僕が抱えていくからもういいよ」

「は～い」

クリアクリスに代わって、僕が男を持ち上げる。

「あれ？　何だか、思ったよりも随分軽いな」

装備のせいかと思ったけど、クリアクリスはこんなことを言った。

「この人、何だかリッチのおじさんみたい。目には見えて触れるんだけど、ここにいないって感じがする」

「ここにいない？」

魔族が独自に持っている感覚のようなものなのかな。リッチみたいってことは、身体を失くしているってこと？

「まあ、とりあえず、街に運ぼうか。どうせ暴れられないし。……おっと、その前に結界を切ってもらわなきゃ」

「もう切っておきましたよ」

僕らの背後に、そんな声と共にワルキューレが急に現れた。

「わあびっくりした。最初から見てたの？」

「ええ、私はずっと見ていますよ」

ワルキューレは、いたずらが成功したようにクスクスと笑っている。

ずっと見ていたなら助けてくれればいいのにな～。

「この方は、魂を囚われているようですね」

「魂を囚われる？　イザベラちゃんの時みたいに？」

「確か、イザベラさんは牢獄石で囚われていたんですよね。それとはまた違います。正確に言うと、契約魔法による、魂の楔ですね」

魂の楔……何だか難しい話になってきたな。

「わかった、まずは僕の屋敷に行こう。話はそこで詳しく聞かせて。クリアクリスは先に行って、イザベラちゃんを屋敷に呼んでおいてくれるかな。できればみんなも来てほしいけど……忙しそうだからひとまず僕らだけでいい」

◇

「ううう」

屋敷へ戻り、何やら呻いている黒ずくめの男を、リビングのソファーに寝かせている。

ここにいるのは、イザベラちゃんとワルキューレ、クリアクリスを入れた四人だ。

「楔って……雫をぶっかけたら外れたりしないの？」

僕はワルキューレに尋ねる。

「イザベラさんと同じように、魂の依り代にかけないと意味がないんです。魂の楔の場合、依り代は術者自身の中に入っています。敵の本拠地か、その仲間の家などにいるでしょうが、今の状態では見当もつきませんね」

依り代が術者の中ってことは、術者を見つけ出してそいつに直接雫をかけないと意味がないのか。

「このままじゃ話せないのかな？」

さっき対峙した感じだと、無口というよりは話せなそうなんだよな。

「名前通り、魂を外されているので、ほとんど話せません。本人の記憶に相当深く残っていることくらいしか覚えていないはずです」

そう告げるワルキューレの横で、イザベラちゃんは涙を流していた。

「お父様……」

外套を脱がされている男の手を取り、そう呟くイザベラちゃん。

実は、この男をイザベラちゃんに会わせた途端、イザベラちゃんはすぐに「お父様」と呼んで抱きついたのだった。

その時から悲しそうな顔はしていたけど、今のワルキューレの説明を聞いてついに我慢できなくなってしまったらしい。涙が頬を伝って、床に落ちていっている。

「……ううう、イザ、ベラ……」

「お父様……!?」

その時、苦しそうな声で男がイザベラちゃんの名前を口にした。

イザベラちゃんのお父さんは、ベルティナンドというんだそうだ。

コリンズの理解者だっただけでなく、彼の下で働いていて、コリンズの印象を何とかしようとしていた人だったらしい。

そのベルティナンドさんは、僕達がエリンレイズに着くよりもずっと前に、王都へ向かう途中で消息を絶ったのだという。

王都……ルーファスさんが門前払いにあったこともあるから、どうもきな臭い。

コリンズをあんな状態まで腐らすためには、盟友であるベルティナンドさんは邪魔だったんじゃないかな。彼が失踪してからカーズ司祭が現れて、あんなことになってしまった……タイミングもよ過ぎるし、確実に教会が絡んでいそうだ。

「ベルティナンドさんは私が封印しておきます。コヒナタさんの装備でも十分なのはわかるのですが、一応です」

ワルキューレはそう言うと、ヒョイッとベルティナンドさんを持ち上げて、世界樹の幹に埋めていった。まるで粘土に埋め込むように、すんなりと彼の身体が沈んでいく。

「お父様……」

「大丈夫ですよ。彼の体はあなたがされていたように、枯れ木のようになってしまっていました。

私の中に入っていれば、世界樹の雫に浸かっているのと同じく、体力を回復することもできます」

「……」

世界樹の中に入る訳だからそれだけ、凄い回復効果があるんだろうな。雫もそうだけど、枝も葉も凄い力があるみたいだからね。

だけど、見た目が滑稽（こっけい）すぎる。砂浜で埋められている人みたいになっているよ。

「中に入れていれば、結界も再起働できます」

ワルキューレが再度、結界を作動させた。と、その時。

『メメメメェ～～～～』

「ん？　この声はワクラか？」

エレナさんの所に置いていった、ワイルドシープの声が聞こえてきた。

「エレナさんに何かあったのかな？」

そう思って僕が屋敷の外に出ると、城門から走ってくるワイルドシープが見えた。

『メメメ～』

何やら慌てた様子で、僕を連れていこうとするワイルドシープ。

「よくわからないけど案内してくれ」

『メメ！』

するとワイルドシープは自分の背中を首で示して声を上げた。乗れってことか？

ギリギリ乗れるけど、走った方が速いと思うんだよな。そう考えつつも乗ってみると……。

『メェ〜!!』

「おお、結構速いな」

物凄い速さで鉱山へ向けて走り出した。しかし、やっぱりサイズ的に乗りにくい。

「お兄ちゃん、今度は私が乗る〜」

「確かにクリアクリスならちょうどいいかもね……」

クリアクリスはそんなことを言いながら、ついてこようとした。この速さに追走しながら話せるなんて、クリアクリスの体力は底知れずだ。

「とりあえず、屋敷で待ってて！　何かあったらすぐ戻るから！」

「わかったー！」

城門でクリアクリスと別れ、鉱山へ急ぐ。

『メメメ〜』

ワイルドシープは必死に走っている。エレナさんに何があったんだ？

第十三話　仲間の危機

鉱山に着くと、ワイルドシープはそのまま採掘をしていたフロアまで駆け抜けた。

そして目的地に着くや否や、力尽きてスライディングをするように転んでしまう。

「大丈夫か？　今、雫を」

『メメメ～……』

「えっ、自分はいいってこと？」

首をクイクイさせて、そっちを見ろと言わんばかりだ。

言われた通りその方向を見ると、一面の瓦礫が道を塞いでいた。

ミスリル鉱石の鉱脈が見えないほど、洞窟が崩落してしまっている。

これは一大事だ。エレナさんが生き埋めになっているかもしれない。

「すぐに掘り返さないと！」

僕は急いでスコップを取り出す。同時にゴブリンとオークを召喚。一緒にスコップで掘ってもらう。

みるみるうちにミスリルの鉱脈が姿を現したけど、エレナさんはいなかった。もしかしたら、危ないと思ってもっと奥に行ったのかもしれない。

リッチのいた最奥部へと続く道を足早に進む。

最奥への道もまた崩落で塞がっていて、落盤の規模が大きかったことがわかる。

三人でせっせと掘り進むと、やがて光が見えてきた。

光の正体は、僕が最初に鉱山へ入った時に刺しておいた世界樹の枝だった。

不思議なことに、世界樹の枝が刺してある場所は、天井が崩れていない。

枝が何かバリアみたいなものを放っていて、それが支えているように見える。暗いからって刺しておいたものが、こんなところで活きてくるとは……。

いつまでも支えさせるのは怖いので、ミスリルで天井を支える柱を組んでおく。

もしかしたら、エレナさんも世界樹の枝のおかげで助かっているかもしれない。

「希望が見えてきた。すぐに迎えに行くよ、エレナさん」

エレナさんは絶対に無事だ。そう信じて僕らは洞窟を進んでいった。


あちこちが崩落していても、かろうじて道に迷うことにはならずに済んだ。

どんな岩盤も掘れるとはいえ、普通は方角がわからなくなるものなんだけど、地面がしっかりならされていたおかげで、どこが道だったのか簡単にわかった。

刺した世界樹の枝は五つほどだったと思うから、次が最後のはず。エレナさんは崩落に巻き込まれないように急いで奥に進んでいったんだろうな。こんな遠くまで進んでいるなんて思わなかった。

「エレナさん！」

案の定、最後の世界樹の枝へたどり着くとエレナさんが倒れていた。

すぐにミスリルの柱を立ててエレナさんを抱き上げる。幸い、外傷はないように見える。

「レン……ごめんなさい」

「何を謝ってるのさ！　それよりも雫を飲んで」

すぐに雫を取り出してエレナさんに飲ませると、いくらか表情が和らいだ。

「美味し……」

「大丈夫？」

「うん、大丈夫だよ……」

エレナさんはそう言いながらも、元気のない笑顔を向けてきた。これは明らかに無理をしている。

雫でも完治しないっていうのは初めてなので怖い。

「とりあえず早く屋敷に帰ろう。みんなも心配しているから」

エレナさんをお姫様抱っこで抱えると、彼女は顔を赤くして俯いてしまう。

恥ずかしいんだと思うけど、こればかりは我慢してもらおう。

それにしても、崩落が起こってしまうなんて思わなかったよ。後で、オークとゴブリンに頼んで
柱をいっぱい立てておいてもらおう。

あり余ってる資材をふんだんに使って、安全な鉱山にしなければ。流石にミスリルばかりでは強度過多だから、鉄も使ってね。

もう一生崩落なんて起こさせないぞ！

ワイルドシープをジェムにしまい、エレナさんをお姫様抱っこして街まで運んだ。

街へと向かう間に、エレナさんは意識を失ってしまった。

ただ寝ているだけならいいんだけど、息が荒いので心配だ。

僕の屋敷のベッドに寝かせてすぐに、世界樹の雫をしみこませたタオルをおでこに乗せる。

苦しそうに寝ていたエレナさんだったけど、タオルのおかげか少し和らいだ。

「レンレン～何かあったの？」

街に帰ってきた時に、待っていたクリアクリスに頼んで、ファラさんとウィンディを呼んでもらっていた。

部屋に入ってきた二人はエレナさんの様子に気付くと驚きの声を上げて駆け寄る。

「これは凄い熱だ」

「えっ！　レンレン雫は？」

「飲ませたんだけど、元気にならないんだよ」

ファラさんがエレナさんのおでこに手を当てて険しい顔になる。雫は飲ませたのに治らないと聞いて、二人も不安そうだ。

「とにかく調べるからレンレンは部屋から出て！　あとイザベラちゃんも呼んでおいて」

「えっ……？」

「あー、看病するには服とかを脱がせるから」

「あっ、そうか」

汗を拭いたりするからか。男の僕がいたんじゃやりにくいよね。

「わかった。ちょっと待って、念のため雫を置いていくから」

「ありがとうレンレン」

いくつか瓶を取り出していると、ファラさんがお礼を言ってくれた。

エレナさんは最近よく働き詰めになっていた。そんな時に崩落に遭って、身体が限界に達してしまったんじゃないだろうか。

すぐに元気になってくれればいいんだけど。

「エレナのことだから、無理してたんだよ、レンレン」

「そうだね。レンに追いつこうと頑張っていたからね。私達も負けていられないって思っていたけど、無理は身体に毒だ。今度から注意しておこう」

心配そうな顔で二人がエレナさんを見つめる。女の子同士の友情みたいなものを感じた。

雫を入れた瓶を何本か置いて、僕は部屋を出た。

屋敷を出ると、外にはニーナさんや街のみんなが心配そうに立っていた。

「エレナは大丈夫なのか？」

「ちょっと倒れちゃって……今は一応落ち着いてます。ただの風邪だと思うけど、高熱で」

傷を治す雫が効かないということは、何かの病気なのかもしれない。みんなにうつったら大変だ。

「コヒナタ様」

「ああ、イザベラちゃん」

この騒ぎに気が付いて、イザベラちゃんも駆けつけてきていたようだ。

「エレナさんが熱を出しちゃったみたいなんだ。診てくれるかな？」

「熱が高いんですか？」

「うん。他の症状はファラさん達に聞いた方が正確だと思う」

僕の言葉を聞いてイザベラちゃんは少し考え込みつつ、屋敷に入っていった。

それほど危ない病気ではないと思いたいんだけどな。

「とりあえず、この屋敷はこれから立ち入り禁止です」

「わかった、皆に言っておく。じゃが……そんなに恐ろしい病気なのか？」

心配そうなボクスさんに、僕は首を横に振る。

「いえ、みんなの大事を取ってって感じですよ」

もし雫が効かないのが、単にエレナさんが無理をし過ぎたせいだったら、他のみんなには仮にうつっても普通に効くはず。でもそんな実験をする訳にはいかないので、ひとまずエレナさんを隔離するに越したことはない。

「エレナは本当に大丈夫なのか？」

ニーナさんもかなり心配している。嘘だと思われても仕方ないかな。

「心配してくれるのは嬉しいですけど、きっと大丈夫です。雫もあるしね」

「そうなのか？　一族を代表して、私だけでも見舞いたいのだが、ダメだろうか？」

他のダークエルフさん達も、みんな頷いている。僕らのことを大事にしてくれているのがわかる。

僕としては、疲れから体調を崩しただけだとは思うんだけど、一応用心しようか。

「わかりました、ニーナさん。これをあげますよ」

僕はすぐに布と銀をコネて、あるものを作った。

「これは？」

「マスクっていって、口を覆って……そうだな、悪いものが体内に入らないようにするもの、ってところですかね。中にいるみんなにも渡してあげてください」

元の世界のマスク、そのままを想像で作れてよかった。鼻の隙間を無くす部分に銀を使ったのも元の世界の知識。これで、もし仮にウイルスとかが原因でも、感染率は大きく下がるはず。

ニーナさんは嬉しそうにマスクを受け取ってくれて、すぐに屋敷へ入っていった。

『フゴフゴ～』

『ゴブゴブ！』

そこへゴブリンとオークがやってきて敬礼をした。

本当にこの子達は軍隊みたいなことをしてくるな～。まあ、似合っているからいいんだけどね。

ゴブリン達には、あのまま鉱山に残って柱をつけてもらっていたんだ。

百本くらい立ててもらったから、これからは鉱山も安全だろう。

「しかし、私の住処がそんなことになってしまうとはな……。コヒナタばかりに苦労させるわけにもいかん。これからは私も定期的に見回りに行くとしよう」

ゴブリン達をジェムに戻していると、今度はリッチが浮遊して空から現れた。骨の顔だが、残念そうな感情が窺える。

「うん、任せたよ」

リッチに頷いて答え、僕も一旦屋敷に戻ることにした。

心配そうに屋敷の前にいたエルフさん達も、徐々に散らばっていく。みんなの不安を解消するためにも、すぐに治してあげないとね。


屋敷に入って二階に上がると、ウィンディが部屋の外で座り込んでいた。

その様子から僕は少し心配になる。

「ウィンディ……大丈夫？」

「レンレン……」

僕の顔を見たことで我慢ができなかったらしく、ウィンディは僕に抱きついて泣き出してしまった。

「もう入って大丈夫だよ。顔を見せてあげて」

泣きながらもウィンディがそう言って、僕にマスクを手渡す。よかった、深刻な状態という訳ではないみたい。

それでもやっぱり緊張はしてしまいながら、僕は部屋に入った。

「レン、ごめんね。こんなことになっちゃって」

ベッドの上から、ちょっと青い顔をしながらエレナさんが謝ってきた。

僕は首を横に振って答えた。

「エレナさんは悪くないよ。最近無理してたでしょ？　それに落盤もたまたま起きただけで、もう補強して安全にしておいたから大丈夫。今はゆっくり休んで、これからは無理しないでね」

エレナさんの頭を撫でながら慰める。彼女はというと、頬がどんどん赤くなっていってる。

「大丈夫か？　かなり赤くなってるじゃないか」

「あっ、ニーナさん、これは違くて……」

僕より先に部屋に来ていたニーナさんが、心配して自分のおでこをエレナさんのおでこに当てている。エレナさんはさらに赤くなってるんだけど、本当に大丈夫かな？

「かなり熱いぞ」

「はい、これ。しばらくは安静にしていることだね」

ニーナさんに代わって、ファラさんが雫を染み込ませたタオルを再びおでこに乗せる。何だかファラさんは完全にお母さんみたいになっているな。

「ふふっ皆さん。安心してください。これはただの風邪みたいです」

微笑ましそうに笑うイザベラちゃん。ポーションが作れるだけあって、彼女は医療にも少し詳しいみたい。

「少し熱が高かったので心配したんですが、それほど危ないものではないみたいです。それでも念のため、コヒナタ様の作ったマスクはつけた方がいいですけどね。雫を染み込ませたタオルと、飲み物に雫を使えば、三日もあれば治るでしょう」

「じゃあ、出しておくね」

イザベラちゃんに必要なものがないか聞いて、答えてもらったものは全部出した。ついでにマスクもいくらか作っておこう。

「ああそうだ。このグローブもよかったら使って」

お堀を掘るために作っておいたハイミスリルのグローブを渡す。

ミスリルに銀のような殺菌作用があるかはわからないけど、接触による感染は防げるかもしれない。

「ミスリル製ですか……確かに、銀と同じく病除け（やまいよけ）に用いられることもありますから、いいかもしれませんね。コヒナタ様は何でもご存じなんですね」

「ははは、まあ、無駄に知っているだけだよ」

情報が垂れ流されている現代日本にいたから知っているだけだ。

特別興味があった訳でもないし、たまたまニュースかゲームか何かで覚えていた。

「迷惑かけちゃったね。ごめんね」

「謝らなくていいんだよエレナさん。街のみんなも心配しているから早く治そうね」

「うん」

再度、頭を撫でてあげると、落ち着いたのか彼女はゆっくりと瞼（まぶた）を閉じて寝息を立て始めた。

「レン、あとは任せて」

「うん。あとはよろしくねファラさん、イザベラちゃん」

「はい」

二人に任せて、僕はニーナさんと共に部屋を出た。

まだ泣いていたウィンディの手を取って、下の階へと下りる。

「ウィンディ、エレナさんは大丈夫だよ。とりあえず、雫のお風呂に入ってスッキリしたら？」

「レンレンありがとう。何だか凄く優しいね」

クシャクシャになった顔をゴシゴシと拭って、ウィンディはお風呂場へと向かった。

僕の屋敷にはあちこちに世界樹の素材を使ってある。水は全て世界樹の雫だし、壁も世界樹の枝を加工したものだ。

菌と魔法の関係はよくわからないけど、完璧な衛生環境なんじゃないかな。

「ニーナさんも大丈夫ですか？」

「ああ、エレナの顔を見たら気持ちが落ち着いたよ。見舞いを許可してくれてありがとう」

ニーナさんもそう言って屋敷を出ていった。僕は一人リビングのソファーに腰を下ろして休憩。

「コヒナタさん」

「ああ、ワルキューレ」

しばらくそうしてぐったりとしていると、ワルキューレが目の前に現れた。

普段なら驚くところなんだけど、今はそんな余裕もないな。正直、心配疲れしちゃいました。

「大丈夫ですよ。彼女には私が加護を与えますから」

「ありがとう、世界樹の加護なら効き目も凄そうだね」

ワルキューレの言葉で少しだけ心がやすらいだ。

何で少しかというと、元の世界の住人である僕からすると、回復魔法ならともかく、加護と言われるとちょっと気休めのように感じてしまうからだ。

僕らの世界に意思疎通のできる世界樹なんてないし、神様はただ見ているばかりだしね。

「エレナもファラもウィンディも……みんなみんな、私の力で守ります。エレナの体内の悪さをしているものも、悪意がないから時間はかかるけど、必ず治るから安心して」

ワルキューレはそう言って僕の手を握り、聖母のような優しい笑顔で僕を見つめる。

やっぱり、世界樹なんだなと実感した。見た目はそこまで大人っぽくないのに、母性がある。

世界樹の加護は、〝悪意〟が一つの基準になってるんだね。確かに菌に悪意はないだろうけど、ちょっと新鮮な考え方だ。

これを思うと、街に張ってくれている結界も、もしかしたらそういう盲点があるかもしれないな。用心しておこう。

「大丈夫、大丈夫です」

ワルキューレの言葉に、僕は沈んでいくような感覚を覚えた。

水に埋もれるような感じで、心が落ち着いていくのを感じる。半端ない包容力です。

「ありがと、安心したよ。ワルキューレを信じる」

「よかった。あなたが笑顔でいてくれないと、私達も笑顔になれないから」

ワルキューレも僕の言葉に安心したようで、微笑んでそう言った。

戦乙女の笑顔か。何だか貴重なものを見せていただいたような気がする。

「レン～いるか～？」

ワルキューレと話していると、屋敷の外から声がかかった。声からするとルーファスさんだろうか？

屋敷から出ると、ルーファスさんとエイハブさんが立っていた。

「警備から戻ってきたら、街のみんなに落ち着きがなくてな。何があったんだ？」

エイハブさんが尋ねてきた。

僕がエレナさんのことを話すと、二人とも心配そうな顔をする。

「万全の体制だし、ただの風邪みたいだから大丈夫だとは思うんですけどね。かなり疲れていたので、そこだけ心配です」

「そうか……最近はクリアクリスにばかり注意が行っていたな。エレナも見ておけばよかったか」

ルーファスさんがそう言うけど、最年少のクリアクリスを気にするのは自然なことだと思う。

「ルーファスさん達もみんなも、誰も悪くないですよ」

僕の言葉に二人とも頷きつつも、エイハブさんがため息をついて言う。

「そもそも、レンの関係者は無理する奴が多過ぎだよ」

「ああ、本当にな」

「いや、お前も含めてだぞ。ルーファス」

「はぁ？　俺のどこがだよ」

「自覚ないのかよ。レイズエンドの王に、コリンズの件を直訴しに行っただろうが。下手したらあれは死刑になりかねなかったんだからな」

気付くと二人は言い合いになってしまっていた。

コリンズが、宿にいる僕らへ繰り返し刺客を送り込んでいたことがわかった日、ルーファスさんは単身でレイズエンドに向かったのだ。

確かに今考えると、あれは結構危ない橋を渡っていたんだな……と思う。

ともかく、嫌い合ってないのに喧嘩するのはあまりに不毛なので、僕が二人を宥めました。

「わかったわかった。次は気を付けるよ」

頭をかくルーファスさん。和解できてよかった。二人とも本当は仲がいいからな。

この間も、警備の帰りに二人で愚痴の言い合いをしていた。僕が近づいたらシッシッてされたけど、あれは僕の話だったのかな？

「――ああそうだ、レン。さっき、冒険者ギルドの職員が来たところなんだ。門の入り口で待ってもらってる。ファラがエレナに付きっきりとなると、代わりに案内役が必要だ。ギルドをどこに建てるか教えてやってくれるか？」

「わかりました。商人ギルドの横にしようと思っているんですけど、いいですかね？」

二人にＯＫをもらってから、僕は街の門へ走った。

第十四話　街に人が増えてきました

街の門に着くと馬車が数台、列を成して停まっていた。

「テリアエリンの冒険者ギルドで、副ギルドマスターを務めていました。ライチと申します」

先頭の馬車の前に立っていた青年が深くお辞儀をして自己紹介をしてきた。

「ご丁寧にどうも、僕は――」

「コヒナタ　レンさんですよね。噂はかねがね」

僕も自己紹介をしようと思ったら遮られてしまいました。

「私はあなたに憧れてここのギルド建設に興味を持ち、上に掛け合って担当にしてもらいました。ギルドマスターとして、この街で冒険者達を指揮していきたいと思っています」

「そ、そうですか……」

僕に顔を近づけてきて、声を弾ませながら力説するライチさん。

僕なんかに憧れてしまっているようだけど、何ででしょう？　そっちの気(け)がある訳じゃないよね？

「そんなに憧れるようなこと、ありますよ……？」

「そりゃもう、世界樹の雫を持ち、世界樹そのものをこの世界に復活させた人ですからね。それに、テリアエリンのビリーと色々やったのも知っていますよ～」

思っていた以上に詳しいことまで噂になってしまっているみたい。

流石は副ギルドマスター、商人ギルドのビリーと取引したことも知っているみたいだ。

ライチさんは何だかいけないことをしたような言い方だったけど、やましいことなんて一切してないぞ。

……ん？　今気が付いたけど、この人が腰に差している武器に見覚えがある。

「ライチさん、その剣は……」

「ふふ、そうですよ。あなたが卸した武器です。聖なる波動を纏っているからすぐに気が付きますよね」

以前ビリーに卸した武器の一つ、世界樹の枝で作ったロングソードだ。

別に波動で気付いた訳ではないんだけど、確かに聖属性を付与した装備なので、薄っすらと白いモヤモヤがロングソードに纏わりついている。

「あなたの武器は今、ブームになっているんですよ。強者(きょうしゃ)の証といったところでしょうか」

ブームになってるのは嬉しいけど、自分で強者とか言ってますよこの人。

少し残念な人なのかな？　顔はいいのにもったいないな～。

「まあ、私が強者かどうかは置いておいて、そういうことで有名なんですよ」

「な、なるほど。じゃあ、ご案内しますね」

手早く案内したいので話を切り上げた。


僕はライチさんを連れて、商人ギルドの隣にやってきた。

予定地としてはここだけど、他にも空き地はあるのでここが嫌だったら選んでもらおう。

「ここなんですが、どうでしょう」

「随分と街の中央に近いですね。もうちょっと門の近くの方がいいのでは？」

「何でですか？」

「ダークエルフの皆さんは、まだあまり人族を——特に冒険者のことは、見たくないでしょう？街の中心部まで入ってほしくないんじゃないかと思いまして」

ライチさんはダークエルフのみんなのことを気にかけているようだ。

残念イケメンかと思ったけど、なかなかにできる男みたいです。

結界が許した人しか街には入れないので本当はもう大丈夫なんだけど、ダークエルフさん達の中にはよく思わない人もいるかもしれない。ライチさんの案を採用することにした。

そういう訳で、冒険者ギルドは南側の入り口すぐに建設することになった。

まあ、もう今のニーナさん達なら気にしないとは思うけど、配慮はしておきたいよね。

「では私達はここに建設していきますね」

ライチさん達は早速準備を始めている。

馬車の列が建設予定地の前にずらっと並んで、大勢の職人さんが荷台から建材を降ろしていく。

「だいぶ人も増えてきたな〜」

冒険者ギルドに商人ギルド、これからこの二つの関係者がいっぱい来るわけだな〜。

人が増えるってことは、彼らに必要な建物も増えるよね。ということで……。


「コヒナタ、この建材はあっちの建物でいいのか？」

「うんあっちで大丈夫。ありがとね、リッチ」

「私も手伝う〜！」

みんなに手伝ってもらいながら、再び、色々と建物を建てていくことにしました。

今ある建物はほとんどダークエルフさん達の家だからね。ギルドの職員の住居はもちろん、店として使えるような建物や、できれば宿屋みたいな施設も作りたいな。

「コヒナタ様！　道具屋を建ててくださって、ありがとうございます」

「ああ、イザベラちゃん。いいんだよ。エレナさんを診てくれたお礼だと思って」

手始めに、イザベラちゃんのポーションを売る道具屋を作った。

それにしても、わざわざお礼を言いに来てくれるとはね。

エレナさんの看病をしていたイザベラちゃんだけど、エレナさんも落ち着いたようで付き添いは交代制にしたみたい。エレナさんはもう身の回りのことも自分でできるって言うんだけど、もう少しゆっくりしてほしいってみんなで説得したのだ。

自分では大丈夫って言っているけど、疲労で倒れてしまった人に大丈夫と言われても、油断ならない。

根っからの職人であるガッツさんのお孫さんなだけあって、ワーカホリックの気があるエレナさん。自分では疲れに気付かないんだろうな。

「エレナさんはだいぶよくなってきました」

「そうだね。これもみんなのおかげだよ」

イザベラちゃんがてきぱきと店内の準備をするのを眺めながら、僕は答える。

「あっ、そうだ。コヒナタ様にこれを」

「ん？　これは？」

「さっきお話しした、ポーションです。コヒナタ様の雫ほどの出来ではないですけど」

モジモジと恥ずかしそうにしながら、僕にポーションを手渡してきた。

「今までは自分用にしか作っていなくて、初めて人にあげるものを作ったんです。……どうでしょうか？」

手渡されたポーションのふたを開け、口に運ぶ。

「すっごく美味しいよ」

苦いのかと思っていたらジュースみたいな味。普通のポーションもこんなにおいしいのかな？

「よかった～。ポーションって普通はあんまり美味しくないんですけど、コヒナタ様の水を使っているからかすっごく美味しいんです」

イザベラちゃんは興奮した様子で説明してくれた。

美味しくないどころか、苦いことの方が多いらしい。

「美味しいだけでも冒険者の人達には売れると思うんですけど、効果もとても凄くて……。体力回復だけじゃなくて、外傷もある程度治してしまうようなんです」

雫ほどではないけど、傷の再生能力もあるみたい。

普通のポーションの場合は、ものによるけど、その日じゅうに何とか治るとかその程度だそうだ。

やっぱり、清らかな水は最強なんだね。

「清らかな水でこれですから、聖なる聖水を使ったらもっと凄くなると思います」

イザベラちゃんは考え込んでそう呟いた。

聖なる聖水で作ったら雫くらいの効果になってしまうんじゃないだろうか？

でも、そんなにいいものを作っても、売れ行きはあんまりよくならない気がするんだよね。何故ならそれだけ、高価になってしまうから。

「値段付けが大変だね」

「そうなんです」

イザベラちゃんも同じことを考えていたようで、顎に手を当てている。

「この入れ物の瓶自体も作りが良いので、この世界では高価なものですし、どうしよう……」

「あ〜、やっぱりそうなんだね……って、〝この世界〟？」

やっぱりこの世界に僕の持っている瓶は不釣り合いなようです。

だけど、何だかイザベラちゃんの言い回しが気になる。まるでここととは別の世界で生まれ育ったかのような、そんな感じだ。

「あ、いえ。コヒナタ様の世界では普通なものなのだろうと思っていたので」

「ああ、そういうことね」

イザベラちゃんは焦るように両手をブンブンと振って答えた。

僕になった気持ちで話していたってことか、な〜んだ。

……あれ、イザベラちゃんに、僕が異世界人だってこと言ったっけ？　まあ、いいか。

「それで、コヒナタ様はいくらにしたらいいと思いますか？」

「う〜ん、そうだな。やっぱりこういうことはニブリスさんに聞いた方がいいんじゃないかな」

素人があれこれ考えるより、プロにお願いするのが一番だよね。

「そうですね。商人ギルドで聞いた方がいいですよね。ちょっとお尋ねしてきます」

「一人で大丈夫？　僕も行こうか」

「いえ、コヒナタ様は忙しいですから。一人で話してみます」

イザベラちゃんはそう言ってお辞儀をすると、商人ギルドの建設現場に向かっていった。

あの歳でこの気遣い力、本当にイザベラちゃんはいい子だな～。

「コヒナタ、建材は運び終わった。次はどうする？」

「ん、ああっと～。リッチ、少しここをお願い。作った建材を置いておくから、もう一度運び終わったらクリアクリスと一緒に休んでて」

可愛い子には旅をさせろと言うけれど、僕にそれはできません。イザベラちゃんならばスムーズに話せるだろうけどね。

今まで人に頼らずにコリンズの罪を償おうとしていたイザベラちゃん。いつまでも自分だけで何とかしなきゃ、なんて思わせてちゃダメだと思うんだ。

助けてほしい時には助けてって言わないと、いざという時に大変なことになる。

僕は走ってイザベラちゃんに追いついた。後ろから肩を叩くと、彼女は花が咲いたような笑顔になった。やっぱり、少し緊張していたみたいだ。

僕がついていくだけで安心してくれるなら、いくらでもついていくよ。

「コヒナタさん？　どうしたんですか？」

商人ギルドの建設現場に着くと、作業員の人達を指揮していたニブリスさんが気付いて、声をかけてきた。

建物はだいぶできていて、ほぼ外装は建物の形を成している。

「忙しい時に失礼します」

「いえいえ、コヒナタさんならいつでもどうぞ」

ニブリスさんは仰々しくお辞儀をして話した。

僕が「そんな大袈裟な」と言うと、「あなたはこの街の長なのですから」と言っていたずらっぽく微笑んだ。明らかに、僕が困るとわかってやっているな？

「ふふふ、ごめんなさいコヒナタさん。それで、どんな御用ですか？」

ニブリスさんは笑いながら話した。

「えっと、ポーションを作ったんですが、効果が凄くてですね……」

「コヒナタさんが作ったんですか？」

「いえ、この子が」

イザベラちゃんを前に出して話すと、ニブリスさんは首を傾げて彼女を見つめた。

「あら可愛らしい娘さん。本当にこの子が？」

ニブリスさんは首を傾げたまま聞いてくる。

僕は頷いた。

「それでは拝見します」

「はい……」

イザベラちゃんからポーションを受け取り、鑑定するニブリスさん。

それをイザベラちゃんも、緊張した様子で見守る。

少しするとニブリスさんは、感嘆の声を上げた。

「これは凄いですね。アイテムとしてはただのポーションなのに、傷を再生させてくれるようですね。それに、少しの間ではありますが再生効果が持続するようです」

ニブリスさんの鑑定スキルでポーションを見てもらった結果、思っていたよりも凄い効果なのがわかった。

「このポーションなら、一本銀貨五枚といったところでしょうか」

ニブリスさんの見立てでは銀貨五枚で売れるらしい。それなら何とかお店に並べられそうだね。

「高値ですけど、普通に売れるんですね」

「ちなみに素材は何を使っているんですか？」

「えっと、街道で取れる薬草と、この街の水です」

「え？」

イザベラちゃんが答えると、ニブリスさんは驚いている。

「街道の薬草と水でこれを？」

ニブリスさんは再度確認するように質問をした。

イザベラちゃんが「はい」と答えると、ニブリスさんは考え込んでしまった。

「それでは普通のポーションしかできないはずです。別の何かを使っているのでは？」

ああ、そうか。ニブリスさんにはこの街の水のことを言っていなかった。

「水が特殊なんです。清らかな水っていう、世界樹の雫の原料なんです」

「ええ⁉　全部ですか⁉」

ニブリスさんが大きな声で驚いている。世界樹の枝も取り扱うことになった訳だし、このくらいでは驚かないかと思ったけど違った。

「そういえば、雫も普通に使っていると言っていたけど、まさか、水も凄いものだったなんて……。是非水も流通させたいわ。ただ、流石に今は無理ね」

ニブリスさんは水も取引したいみたいだ。この間、世界樹の枝とか葉を取り扱う約束をしたから、もうかなり大きなお金が動く予定なんだよね。流石にこれ以上の出費は厳しいみたいだ。

「じゃあ、ポーションは……」

「ああ、銀貨くらいのものでしたら大丈夫ですよ。喜んで取引いたします」

それを聞いてイザベラちゃんはほっとした表情をした。

「ありがとうございます。もう少ししたらお店で売り始めるので、欲しい時に言ってください」

「ポーションなら、帰りの馬車にでも積んですぐに売れますから、今でも構いませんよ？」

「いえ、大丈夫です。在庫も多くないですし、細々とやっていきます」

「そうですか、では今度」

イザベラちゃんはニブリスさんに今は売らないみたい。

僕はニブリスさんにお辞儀をして、その場を後にしたイザベラちゃんについていった。

「よかったの？　売らないで」

「はい、今は値段を知りたかっただけなので。とりあえずは在庫を整えていこうと思います」

イザベラちゃんはそう言って、道具屋の建物へと歩いていく。

「薬草と清らかな水だけでも、高価なものができました。ということは、別の何かでも作れるはずです。どんどん作ってこの街の名物を作ります！」

イザベラちゃんはそう言って、ガッツポーズを作ってみせた。

研究熱心なイザベラちゃんには感心するばかりだよ。

「レン、建材がなくなった。すぐに作ってくれ～」

「ああ……リッチ、もう休憩していていいのにな～。わかった、今行くから待ってて！　じゃあイザベラちゃん、頑張ってね」

「はい！　見ていてくださいね、コヒナタ様」

リッチに呼ばれたので駆け足で向かう。別れ際にイザベラちゃんを応援すると、イザベラちゃんは自信ありげな様子で答えた。

その姿はとても子供らしくて、イザベラちゃんがクリアクリスと同い年なんだなと思い出すことができた。

◇

その日の夕方。

何故か僕らは街の中心部の噴水で、水浴びをすることになっていた。

「レンレ～ン」

「わかってるよ」

「レン、早く」

「ファラさんまで……」

女性陣に急かされて、僕も急いで着替えを終えて屋敷の外へ出る。

僕の屋敷の正面には、お堀へ繋がる水路と、そこへ水を流すための噴水兼、水浴び場がある。

堀は街のみんなに頼んだけど、水浴び場は僕が作った。

ミスリルで作ったので石ほどざらざらしていないし、錆びることもない。

石を使ってもいいかなとは思ったんだけど、せっかくある素材は使うことにしました。チートをフル活用です。

ちなみに、もう季節は秋口で若干肌寒くなってきた時期なんだけど、そこは世界樹のワルキューレにお願いした。世界樹の麓であるこの街に、ちょっと日差しを強めに落としてもらったのだ。

「世界樹の力もびっくりだけど、まさかニブリスさんが水着を持ってくるなんてね」

「ほんと商売上手だよね～」

ファラさんが感心して言うと、ウィンディが頷いて話す。二人とも水着姿だ。

水浴びをすることになった理由はこれ。ウィンディがニブリスさんに手招きされて、みんなで水着を着てみないかって言われたらしいんだ。

ニブリスさんもよくわかっている。うちの女性陣の中でも、ウィンディに言えばそういう流れになるっていうことをね。

結局、僕と仲間達全員が水着を買ってしまった。

まあ、僕に提案してもうまくいったと思うけどね。だって、みんなの水着が見れるんだから……。

「う～ん、眼福眼福」

「む～、レンレンが見るのはやっぱり胸なんだね……」

水浴び場の隅で、お風呂のように水に浸かってみんなを見つめる。

ウィンディがジト目で見つめてくるけれど、これぱっかりは邪魔はさせないぞ。

水遊びをしているファラさんとニーナさん、そしてエレナさんにクリアクリスにイザベラちゃん……いやもちろん男性陣もいるんだけど、今ばかりは目に入りません。

ちなみにエレナさんは、もう元気ではあるんだけど、はしゃぐのはやめておいたみたい。水浴び場の端に腰かけて、足を入れる程度に留めている。

この街の水は清らかな水だから、身体にはいいんだけどね。みんなに心配されないよう遠慮して

いるようだ。

でも、ちょっと一人で寂しそうだ。

「はい、エレナさん」

「あ、レン。ありがとう」

足で水を蹴っているエレナさんの隣へ行き、聖なる聖水で割ったオレンジジュースを手渡した。

みんなの分もパラソルの下のテーブルに置いてあります。エレナさんは美味しそうに飲んでいく。

「オレンジジュースか〜……おじいの工房でも、私が渡したよね」

「ああ、煙突掃除のときのか〜。なんだか懐かしいね」

頬を赤くしながらエレナさんが呟いた。あの時から僕のチートっぷりが始まったと言っても過言ではない。僕としても思い出深いんだよな。

「ほんとに懐かしいね……（あの時からレンがかっこよく見えるんだよね……）」

「えっ？　何か言った？」

「ううん。何でもないよ」

エレナさんが何か小声で呟いたけど、何もなかったみたい。何故かまた顔が真っ赤になっているんだけどな。

「レンレン〜、あっちで一緒に泳ごうよ〜」

ウィンディが、水浴び場の脇に作られた、少し水深のある貯水槽（ちょすいそう）を指して言った。

長さは五十メートルほど。早い話が、元の世界で言う市民プールみたいな感じです。

「いやいや、僕はやめておくよ」

僕は金づちではないけど、そんなに泳ぎは得意ではないので、ウィンディの誘いは断った。

彼女はそれでもぐいぐいと胸を押し付けて誘ってくる。僕は強靭（きょうじん）な精神力でそれを拒（こば）んだ。まあ、目は胸を見てしまうんだけどね。

「なんだ、コヒナタは泳がないのか。勝負したかったんだがな」

ウィンディと話しているとニーナさんが話しかけてきた。褐色の肌に白いビキニ……うん、やっぱりそういう趣味をお持ちなんだ、きっと。

「ニーナお姉ちゃん、私と競争しよ」

「む、受けて立とう。これはいい勝負ができそうだ」

どうやら、クリアクリスがニーナさんと競争するようです。

このプールの往復百メートルで競うみたい。審判はファラさんがやるという。

ちなみにファラさんは、ドレスみたいなヒラヒラのついた水着だ。パレオって言ったかな？　まあ、名前はわからないけど、とにかくとても綺麗だ。

「始め！」

ファラさんの合図で同時にスタートする二人。

ニーナさんは速いだろうなとは思っていたけど、クリアクリスも意外と負けていない。身体全体をくねらせ、魚のように泳いでいる。

僕の装備無しでも身体能力は流石だね。普通の人には真似できないよ。

「二人とも速いな」

「そうだね」

プールの縁に腰かけて見物しながら、ファラさんと話す。

「凄いなー、装備もつけていないのに。僕じゃとても勝てないですよ」

「そんなことはないと思うけど……まあいい。それよりもレン、私の水着はどうかな？」

「えっ……とても似合ってますよ？」

ファラさんが顔を赤くして、水着の感想を聞いてきた。

似合っていると答えるとさらに顔を赤くして、「そ、そうか」って微笑んでいました。

男勝りなファラさんもいいけど、こういった可愛いところがあるのも最高です。

「ゴ〜ル！」

突然ファラさんが叫ぶ。二人がゴールしたからみたいだけど、照れ隠しなんじゃないかな。

結局クリアクリスも最後まで粘って、ほぼ同着だったみたいだね。

クリアクリスは一緒にゴールしたニーナさんにお礼を言ってから、近くで見ていたイザベラちゃんに飛びついた。

「イザベラ〜、どうだった？」

「凄いね、クリアクリスちゃんは。私も速く泳げるようになりたいな」

「じゃ、一緒に練習しよ！」

すっかり姉妹のように仲がいい二人、何だか微笑ましい。

クリアクリスはイザベラちゃんの両手を取って、泳ぎの練習を始めた。

イザベラちゃんはあんまり泳ぎが得意じゃないみたいだ。何かちょっと親近感を覚えるぞ。


それからすぐ、街の人にも告知を出して、みんな自由に水浴び場とプールを使えるようにした。

その結果、思いの外反応が良く、屋敷からダークエルフさん達の沐浴が見れるようになった。

毎日家の前が海水浴場みたいな状態で、眼福がオーバーチャージされるようになってしまったよ……どうしよう。

第十五話　幼き巫女

翌日、またライチさん達の建設風景を見ていると、後ろからニーナさんが声をかけてきた。

「コヒナタ～、アーブラ司祭と同じ紋章の馬車が来ているんだが、どうする？」

「ええ、ってことは教会の？」

復讐しに来たのだろうか？

「……でも、今度は心配しなくて大丈夫じゃないですか？　結界もあるし」

街の外、およそ四百メートルの範囲にはワルキューレの結界が張られている。だから、わざわざ迎え撃たなくても悪意のある人は入ってこれない。

「そのことなんだが、どうやら大多数は入ってこれているみたいなんだ」

「え、どうして？」

教会の中でもいい人はいるってこと？　それとも懸念していた通り、自分の正義を信じていて悪意のないタイプの人が来たのかもしれない。

僕はニーナさんと共に、急いで門へ向かった。

◇

「む～、なんでじゃ。なんで後続の馬車が遅れておるんじゃ」

「それがルーラ様……強力な結界があって」

「結界じゃと？」

わらわは星光教会の巫女、ルーラという。

巫女であるわらわが、何故止められなくてはならないんじゃ！

世界樹が新しく誕生したと聞きつけ、エルフに先を越されないよう、大急ぎでやってきたというのに。

「どうも、馬車の御者や兵士の一部が入れないようです……いかがいたしましょう」

部下は困惑した様子でそう言ってきた。

見ていると、通れない者だけが、街へ向かう途中で街道へ強制的に転移させられている様子。飛ばされている者達の顔ぶれを見るに、どうやら、悪意のある者のみが弾かれているようじゃの。見ていてちと滑稽じゃが、非常に強力な結界なのがわかる。

「なるほど……神話で聞いた話通りじゃな」

神聖なる領域には、悪意を持つ者は入れぬ。そんな話をよく父上に聞いたものじゃ。

「通れぬ者達はバライクラスに帰せ。どうせ、アーブラ司祭の部下達じゃろう」

ついこの間、アーブラが先走って侵攻しようとして、見事にやられたと聞く。敵に捕まるのを恐れて逃げ帰ってきた者達が懇願してきたから、部隊に入れていたのじゃが……これでは足手まといじゃ。

あやつは私欲だけで動く男じゃったからの。アーブラの敗北を知った時、自業自得と思ったもんじゃ。

この街を攻めたのもどうせ、ダークエルフが欲しくてとかいう下らない理由に決まっておる。

あの男の浅はかな考えなど、幼いわらわでもわかる。

もっとわらわに力があれば、あのような恥知らず、生かしてはおかなかったのじゃがな。

懇願してついてきた敗残兵も、多くはあの男と同じように私利私欲を隠しもしない者達。いつまで待とうと街には入れないじゃろう。

「承知しました、そうさせます」

「わらわの兵達は大丈夫じゃろうな？」

「はい、問題ないようです」

それ見ろ、わらわの敬虔(けいけん)な神兵達は結界に阻(はば)まれなかった。この結界、いずれは清い者を見極めるのにも使えそうじゃな。

是非とも、この街に教会本部を作りたいものじゃ……。

「しかし、それをするには教会の膿(うみ)と戦わないといかんのじゃ……う～ん」

悩ましい、教会本部を作るために教会の内部の者と戦わねばならんとは。

矛盾しているようで矛盾していない、この考え。どうしたもんかの。

「それにしても、美しい城壁じゃな。金属製か？」

馬車から身を乗り出して、街を眺める。

「表面は偽装してありますが、どうもミスリルで作られているようです」

「あれの全部がミスリルか！　一体どこにそんな資源があるんじゃ」

外壁にはミスリルがふんだんに使われているようで、王都レイズエンドよりも強固なんじゃなかろうか。

城壁の上には、ダークエルフが煌びやかな弓と鎧を装着して、佇んでいる。

青白い弓と鎧があの褐色の肌を際立たせていて、何とも勇ましい。

身震いするほどの城壁と強力な兵士。これほどの戦力を、一か月もしないうちに揃えてしまったというのか。

「あの街を作ったという男……なんといったか？」

「情報ではコヒナタ　レンという男だそうです」

「変わった名じゃの」

「噂ですが、異世界から召喚された者ではないかと言われています。テリアエリンの前代の王が、勇者を呼んだなどという噂もありますから、それなのでは……」

異世界人ときたか。

百年以上も昔に実行されたという異世界人の召喚。文献では、その百年前の異世界人が各地に国を作ったが、以降の異世界召喚を禁じたと言われておったな。

その理由は明らかにはされておらんが、同じ異世界の人を苦しませないように召喚を禁じたのではないか、とわらわは考えている。

この者達はきっと、元の世界に帰りたかったのだろう。

それが結局帰れなかったから、召喚を封印したのだと思う。せめて、元の世界へ帰れずに苦しむ人をこれ以上生まないように。

召喚の方法も、その時に失われていたはずなのじゃが、噂が正しければテリアエリンの宮廷魔術師は、それをやってのけたということか。

マリー、あやつには何故できたのかのう。

まあ、そちらはいい、今の問題は目の前にあることだけじゃ。

「異世界人が、この街にいるんじゃな」

緊張と期待が半々の気持ちで、わらわはダークエルフの街へと馬車を走らせた。


「止まれ」

門の前に着いたところで、ダークエルフ達に止められてしまった。

「アーブラの仇(かたき)を取りに来たのか？　何の用だ」

馬車の中にいるわらわにも、ダークエルフ達の不審がる声が聞こえた。

仇じゃと？　あんな男の仇を取ってどうするんじゃ。

「違うのか？」

首を傾げるダークエルフ達に、わらわの側近の女性、ナーナが我々の目的を説明した。

やがて、ダークエルフ達は何とか納得してくれたようだ。結界があるとはいえ、何とお人好しな者達だろうか。しかし、わらわ個人としては、この者達には好感が持てるな。

「ナーナ、わらわも顔を出すぞ」

「ルーラ様、そんな」

「この者達は清い存在じゃ。その者達に顔も見せぬとは無礼であろう。教会の者どもと会うよりもよっぽど有意義じゃ」

わらわは語気を強めてそう言い、馬車から外へ出る。

「わらわは星光教会の巫女、ルーラという」

ダークエルフ達はわらわの美しさに目をまん丸くして後ずさっておるぞ。

「何と、こんなに幼い子が……」

ピクッ！　その言葉に、身体が硬直する。

今ダークエルフ達はわらわを見て、幼いと言ったか？

「こんな幼い子が巫女を」

聞き間違いではないようじゃった。

悪気のない言葉じゃが、少しばかりわらわの心に刺さった。無邪気とは本当に怖いのう。

「……幼くとも志は持っておる。どうか、そなた達の長、コヒナタという者に会わせてくれんかの？」

頭を下げ、わらわは頼んだ。

ダークエルフ達は快く了承してくれて、わらわと神兵達を街の中へ連れていく。

アーブラの件があるというのに、教会の者を一括りに悪者とは見ない彼ら。何と清い心の持ち主じゃろうか。

この街が世界の中心になれば、必ずや教会は生まれ変わるだろう。

ワクワクしながら、わらわは馬車に戻った。じゃが馬車が動き出すと、ワクワクよりも緊張の方が強くなってきてしまった。

「うっ、これはもつじゃろうか……」

緊張と馬車の揺れが、さっきからわらわの膀胱（ぼうこう）を刺激しっぱなしであった。

近くにお手洗いはないかの……。

◇

門の入り口に着いた僕とニーナさん。

ちょうどそこへ、馬車が白銀の鎧に身を包んだ数人の騎兵に守られて街へと入ってきた。

これだけの人数がその結界に阻まれなかったのを考えると、この馬車の中の人はかなりいい人だと思うんだよね。

だって、この人達がみんな中にいる人を慕（した）っているってことだと思うからさ。

教会というだけで警戒してしまっていたけど、会ってみるだけの価値はありそうです。

「私はルーラ様のお側仕(そばづか)えのナーナと申します。あなた様がコヒナタ　レン様ですか？」

「はい、そうです」

ナーナと名乗った緑髪の女性が、僕に会釈をして尋ねてきた。

印象はかなりいい人だね。やっぱり、相当な人のようです。

「以前アーブラのしたことは、謝っても謝り切れません」

「あ～いえいえ、幸いこちらに被害はなかったので」

アーブラ司祭の襲撃を謝罪されたが、こちらには強いて言えば少し城壁が焦げたくらいの損害しかない。無駄なのに火の魔法とかを放ってきていたからね。

むしろサイクロプスの群れの方が厄介だった。

サイクロプスが投石してきて少し怪我人が出たけど、それも雫のシャワーで全回復、実質無傷だ。

まあ、それはそれとして謝罪は受け取っておこう。

「戦いに来た訳じゃないんですよね」

早速、この場所に来た理由を聞く。教会が何の用なのかな？

「それは――」

「ナーナ、そこからは、わらわが引き継ごう」

馬車の中から幼い声が聞こえてきた。

ナーナさんが馬車の扉を開くと、神々しい光を放つ杖を持った、金髪の少女が降りてきた。

「わらわは星光教会の巫女、ルーラと申す。ナーナに続けて、わらわからもアーブラ司祭の件、謝らせてくれまいか。本当にすまなかった」

「いえいえ……」

こんなに幼い少女だと思っていなかったので呆気に取られつつ、僕は少女の謝罪を受け取った。

たとえ幼くても、しっかり巫女として務めを果たしているんだね。

結界を通れたのも何だか納得な気がしてきた。

「それで、その……こんな外では何なのでな……？」

「ああ、わかりました。では僕の屋敷まで」

「そ、そうじゃな。すまぬが案内を頼む」

「いえいえ」

何故か内股でモジモジしながら、ルーラちゃんが話してきた。どうやら、外じゃできない話があるみたい。

それにしてもモジモジし過ぎで気になる。そういう癖でもあるのかな？

「ではルーラ様、馬車にお戻りください。私が先導します」

「あ、ああ、任せたぞ」

ルーラちゃんは内股のまま、馬車に向かう。ぎこちないので、思わず僕はルーラちゃんの両脇を持ち上げて馬車に入れてあげようとした。

「よいしょ！」

「にゃ！　……にゃんということを……」

「えっ？」

ルーラちゃんを軽々と持ち上げて馬車に着地させると、足元にポトポトと水滴が落ちている。

「必死でここまで我慢してきたというのに……わらわに恥をかかせおって……」

「ええ！　まさかこれって」

「みなまで言うな……」

「おもらし？」

「にゃ〜〜!!　言いおったな貴様〜！」

ルーラちゃんは顔を真っ赤にして怒り出した。まさか、そんな限界状態とは知らなかったんだよ。

モジモジしていたのはこのせいだったのか……。

「待て、武器を向けるでない」

ルーラちゃんは顔を真っ赤にしたまま、周囲に向かって言い放つ。

言われて気付いたんだけど、馬車を護衛していた騎兵達の槍が僕に向けられていた。

本気で戦うつもりではないみたいだけど、巫女さんに勝手に触れたから咎められているのかな。

まあ、今回は僕が悪いね。

「えっと……ごめんなさい！」

「わ、わらわも悪いのじゃ。こんな状態で出向いてしまったのだから……」

シュンとして俯いているルーラちゃん。とりあえず、雫で洗浄しておこうか。

「すいませんでした。とりあえず、これでもかけておいてください」

「水か、ありがたく使わせて……って、世界樹の雫～～!?」

おお、この子、鑑定持ちかな？

雫の瓶を渡すとルーラちゃんはびっくりしてのけ反っているよ。お側仕えのナーナさんもびっくりしている。彼女も鑑定スキルを持っているみたいだね。

「世界樹の麓の街とは聞いていたが、世界樹の雫を洗濯に使うなど流石に予想外じゃぞ！」

「流石に洗濯物には使っていませんよ。僕だけです」

「使っているではないか！」

街では基本的に、清らかな水の方を使っている。これだけでも、洗濯物は一瞬で綺麗になるのだ。洗濯機なんていらないほどで、数回かき混ぜるだけで汚れが落ちる。おかげで繊維も傷まない。こんなのが売られたらこの世界の服屋さんは儲からないだろうな～。だって、傷むどころか回復しちゃうんだからさ。

そして、僕は雫で洗濯をしています。この街に来る前、馬車で旅することになってから毎日そんな感じ。だって、雫の方が綺麗になっているような気がするんだもん、多用しちゃうよ。

「まあまあ、とりあえず、服にかけてみてください」

「ぐっ、簡単に言ってくれるわ。世界樹の雫といえば、エルフでさえ喉から手が出るほど欲しいものじゃというのに。今では、雫で街が買えるんじゃぞ」

へ、へ～。そこまで高価なんだ……凄い凄いとは思っていたけど、そこまでとは。

そんなものを僕は仲間や街の人にも使わせてしまったのか、何だか逆に申し訳ないな～。

「じゃあ僕がかけてあげますよ」

「あ！　ああ～」

ルーラちゃんが震える手で持っていた雫をパッと回収して、ルーラちゃんの下半身辺りへ撒く。

ルーラちゃんは取られたことへの残念感と、水をかけられた驚きが両方声に出ていた。

何だか大人びているようだけど、まだまだ、可愛らしさの残る少女だと思った。

「新品のように綺麗になりおった……」

「でしょ、多用しちゃうよね」

「確かに……ってそうじゃないじゃろ」

ルーラちゃんの驚きをよそに僕があっけらかんと話すと、彼女は見事なノリ突っ込みをしてきた。

フルプレートを着ている騎兵さん達からは白い目を感じていたんだけど、ルーラちゃんのおかげで少しほんわかしました。彼女は騎士達からも信頼されているんだろうな。

「と、とりあえず、屋敷に案内しますね」

「お願いするのじゃ。ただ一言だけ……この場にいる皆の者よ。今ここで見たものは、雫を含めてなかったことに……よいな」

ルーラちゃんはコホンッと咳払いしてキョロキョロと周りを見て話した。

「ああ、おもらしのことね。大丈夫、誰にも言わないよ」

うっかりまた言ってしまったので、ルーラちゃんは顔を真っ赤にして地団駄を踏むのだった。

「言うなと言うておろうが！」


「えっと、ここが僕の屋敷です」

「世界樹の生えている屋敷……」

僕の屋敷の前に着くとルーラちゃんが唖然として世界樹を見上げた。

口がアングリと開けられていて幼さが感じられる。

「お兄ちゃん、掃除終わったよ～」

ルーラちゃんやナーナさんが立ち尽くしているところへ、ちょうど屋敷の中からクリアクリスとイザベラちゃんが出てきた。

ここ数日みんなが忙しくて屋敷を空けがちになっていたので、二人が気を利かせて掃除してくれたのだ。ゴブリン達に頼もうかとも思ったんだけど、彼女達自身がやりたいと言ってきたのでお願いしたんだよね。

「二人ともありがとうな」

「うん！　えへへへ」

クリアクリスにもお礼を言って頭を撫でると嬉しそうに微笑んだ。うちの天使は最強に可愛いな。

すっかり彼女のお姉ちゃんのようになったイザベラちゃんも、どこか自慢げにしている。

イザベラちゃんは、エレナさんのところに行くと言って先に屋敷に戻っていった。

僕もクリアクリスを抱き上げて屋敷に入ろうとすると、ルーラちゃんが呟いた。

「驚いた、ここでは魔族まで一緒に暮らしておるのか？　凄い街じゃ。ここならわらわの夢も叶えられるかもしれぬ……」

「夢？」

僕が聞き返すと、ルーラちゃんは深く頷いた。

何やら、ルーラちゃんとナーナさんは使命を得たような目つきをしている。

ひとまず屋敷に入り、リビングのソファーに向かい合わせで座る。ナーナさんはルーラちゃんのお洋服を着替えさせてからソファーに座った。お洋服は同じ服を何着も持っているようです。

「レンレン、お客さん？」

そこへウィンディが二階から下りてきた。

エレナさんが元気になってから気が抜けたらしく、最近は彼女もお寝坊さんなことが多い。寝起きで大人しいウィンディはいつもよりもかわいく見えるな。

ルーラちゃんとナーナさんを見て、ウィンディが軽くお辞儀すると二人もお辞儀で応じた。

「こちらが星光教会の巫女のルーラちゃんとその側仕えのナーナさん。で、こっちがウィンディです。僕の馬車の御者です」

「ちょっとレンレン⁉」

ガーンと衝撃を受けているウィンディ。

「御者……？」

ナーナさんが怪訝な顔でウィンディを見ている。

まあ本当は弓使いだし、冒険者だし。とても御者をしているようには見えないよね。

「ルーラちゃんか……」

「そうでした、ルーラ様、あの呼び名でよろしいのですか？」

一方のルーラちゃんは頬を赤くして呟く。隣ではナーナさんが心配そうに囁いていた。

あ、そうか。周りの人はみんな様付けなのに、僕は何も考えずちゃん付けで呼んでしまっていた。

でもなんか頷いてるし、大丈夫そうだね。

「では私は、レンと呼ばせてもらおうかの」

ルーラちゃんは胸を張ってそう言ってきた。

「……お兄ちゃん、この子誰？」

「クリアクリス、この子はルーラちゃんだよ」

「む～、イザベラはいいけど、ルーラはいや～」

クリアクリスはルーラちゃんを睨みつけていた。

イザベラちゃんは割とすぐにクリアクリスと仲良くなることに成功したけど、ルーラちゃんはもっと気が強いから、一筋縄ではいかないだろうな。

「……クリアクリス？　あの青い短剣の名か？」

「知っているんですね。彼女の名前はその話からつけたんですよ」

「レンの子供なのか？」

「いえ、クリアクリスはエリンレイズの前の領主の奴隷だったんですが……色々あって助けることができたんです」

ルーラちゃんはそれから、僕らが一通り話した経緯を聞くと、ソファーから立ち上がって窓辺へ歩いていく。何か気になることでもあったのか、考え込んでいる様子だ。

「実はな。エリンレイズで魔族の奴隷を卸したという男を知っているんじゃ。一年ほど前のことじゃが」

「それは本当ですか！」

ルーラちゃんの言葉に思わず立ち上がる。

「ええ、それは私も記憶しています。レイズエンドの教会を回った時、私達はスラムにある孤児院に出向いたんです」

ナーナさんが言葉を続けた。

「スラムの孤児院にルーラ様の奇跡を施して、帰る時でした。子供達に声をかける男を見たんです」

ナーナさんは顔を歪めて話した。ルーラちゃんも顔をしかめている。その二人の様子の意味はすぐにわかった。

「男は、服は豪華なのに、口調や振る舞いがとても荒々しく、わらわ達は怪しいと思って声をかけようとした。すると男は『小汚いお前達を金に換えてやるのだ。感謝しろよ』と子供達に言い放って、仮面をかぶった自分の奴隷達に子供を担がせたんじゃ」

「急いで私達が声をかけましたが、すぐに逃げていってしまって。衛兵にも伝えたのですが見つからず……。足取りが掴めた時には、既にレイズエンドから姿を消していました。後になってようやく、奴隷商のブザクという男が浮かび上がり、商人ギルドに問い合わせたら違法な奴隷の売買が判明したんです」

「なるほど……実はクリアクリスの本当の両親を探しているんですが、何かわかりませんか？」

もしかしたら、両親へ繋がる情報があるかもしれないと思い、僕は尋ねる。

「魔族の奴隷の取引はエリンレイズでのみ行われておった。その前に買ったことが記録されていないのを見ると……どこか街の外で攫（さら）ってきた可能性が高いな。レイズエンドとエリンレイズの間に魔族の集落は無かったとは思うが、もしかしたらどこかの森の中に隠れ暮らしていたのかも」

なるほど、ということは二つの街の間にいるかもしれないのか。

レイズエンドに向かう道を行けば、もしかしたらクリアクリスの両親の手がかりが見つかるかもしれないね。

「ありがとうございます」

「礼には及ばぬ。わらわもこの男を探していたんじゃが、一向に尻尾を出さん。あの時に捕まえておれば、その子にも寂しい思いをさせることはなかったじゃろうな……」

ルーラちゃんはソファーに再度座って残念そうに俯いた。

「お茶淹（い）れたよ」

「ありがとうウィンディ」

重い空気になってしまったところへ、ウィンディがお茶を淹れてくれた。

清らかな水で作ったお茶は、誰が作っても極上のものになります。こういう時にすぐ気が利くウィンディはありがたいな～。

「美味しい……さて、レン。話は戻るが、お願いしたいことは一つじゃ。ここに星光教会の本部を作りたいんじゃ」

「ブッ！　教会本部⁉」

ルーラちゃんの言葉に僕はお茶を噴きこぼしてしまった。

不意に噴いてしまったからウィンディにかかってしまいました。

第十六話　神の世界

「ちょっとレンレン、酷い～」

「ゴメンゴメン……って、いや、そんなことよりも」

「レンレン酷い～」

ウィンディがお茶でびしょびしょにされて苦情を言ってきているんだけど、待ってくれ。聞き捨てならない話だったよ、今のは。

「アーブラ司祭のことで、教会を嫌っているとは思うんじゃが……どうかこの街に教会本部を」

ルーラちゃんはそう言って頭を下げた。少女にそんなことをさせるのは心苦しいけど、ここはハッキリ答えないといけない。

「ごめんなさい。教会の司祭は二人知っていますが、その二人ともが私利私欲に走る人でした。あなた方はとてもいい人だとは思いますが、教会全体のことはまだ信用できません……」

「二人じゃと？　アーブラ司祭以外にも何かあったのか？」

カーズ司祭のことは知らないみたいだな。

僕も、教会にカーズ司祭の件がどう伝わっているのかはわからない。

もしかすると、コリンズに代わってエリンレイズを統治しているクルーエル伯爵は、司祭の死を教会に言っていないのかもしれないね。

「カーズ司祭という人です。イザベラちゃん——今、上の階でエレナっていう僕の仲間を看病してくれている女の子を、牢獄石で苦しめていました」

「牢獄石⁉　そんなことが……じゃが、上にいると言ったな、牢獄石からどうやって外へ出られたんじゃ」

おう、そう言えばそんな話あったね。ここは知らぬ存ぜぬで行ったほうがいいかな？

でも、壊せることを隠し通せるとも思えないし、うーん……。

「レンレンは凄いんだから、そんな石一瞬で粉砕だよ」

「ウィンディ⁉」

悩んでいたらウィンディが口を滑らせてしまった。

自慢したいのはわかるけど、こういうことは黙っていた方が面倒がなくていいのにな。

「それは本当か⁉　まさか、お主は伝承にある……」

「ルーラ様⁉」

ルーラちゃんは驚きの声を上げた末に、何を思ったかいきなり服を脱ぎ始めた。

ナーナさんは焦って服を着せようとするんだけど、ルーラちゃんは無言でそれを制する。

「お兄ちゃんに何するつもり！」

「レンレン離れて！」

ルーラちゃんの前にクリアクリスとウィンディが立ち塞がる。

裸になって僕に近づいてくるルーラちゃん。ツルペタだから別に何とも思わないけど、直視するのはよくないよね。

「何も害のあることはせんよ。しかし、確認は取らないとならん。私が思っている通りならば……この紋章が反応するはずなんじゃ」

「えっ」

ルーラちゃんはくるっと回って背中を向けてきた。

背中には、びっしりとプラチナのような輝きで、満天の星空のような絵が描かれていた。

「きれ～……」

態度が一転したクリアクリスが、目を輝かせている。

「これは神が描かれたといわれている、〝天の川〟という絵です。ルーラ様はこの世に生まれ落ちた時から、この紋章を背負って生きてこられました」

ナーナさんが、ルーラちゃんの脱いだ服を拾いながら話した。少し悲しい顔で話すナーナさんを見ると、これまでのルーラちゃんの苦労が窺える。

「わらわはこのために生まれてきたのじゃよ。神がお描きになったこの絵で、神の子を探すために。今日、その宿命も終わる……やもしれん」

「あ、れ……動けない……？」

「レンに触れるだけじゃ、安心せい」

ウィンディとクリアクリスの動きが止まった。これは彼女の特殊能力のようなものなのかもしれないね。金縛りみたいに二人とも動けなくなっている。

「わらわは神の選定者。制限はあるが他者の動きを封じることができるんじゃ。こんな身じゃからの、命を狙われることも多いから、神が授けてくれたんじゃろう」

それを聞いて僕だけは、スキルだろうなと確信していた。僕の王シリーズと同じ類の、かなりのチートっぽい。

「レンには効かないようじゃの」

ルーラちゃんはツカツカと近づいてきて無邪気に笑ってそう言った。

「僕にも使ってたんですね……」

何故か、僕にはスキルの影響がないみたい。この世界の人間じゃないからかな？

「あれ、でも確認だけなら脱がなくてもいいんじゃないですか？」

「服や装飾など、何かを身に纏っておると反応しないんじゃよ。王や王子に会うたびに脱がされて、それはもう嫌なものじゃったが……本物に触れられると思うと、ちと気持ちが高揚するのう」

僕の疑問に答えながらルーラちゃんは頬を紅潮させていく。幼女らしからぬ表情に一瞬、ドキッとした。

「いざとなると緊張するもんじゃの」

最後にそう言って、ルーラちゃんは僕の胸に震える手を添えた。


——その瞬間、僕の視界はルーラちゃんを除いて全て真っ白になった。

辺り一面、地平線まで伸びる白い大地。空も白一色で、ほとんど見分けがつかない。

白い大地からは木々も伸びているが、それもまた真っ白だった。

「ここが神界……」

ルーラちゃんは僕の胸に手を添えたまま、周りを見渡していた。

「ルーラちゃん、あれは？」

「……ウサギか？」

少し離れた木々の間に、一匹の白いウサギが見えた。

元の世界でも見慣れた、普通のウサギだ。

遠くを見渡すための背伸びをして、僕らを見ている。

「何じゃろうな。可愛らしいのう」

「うん」

「——あなた達も可愛らしいわよ」

「「!?」」

不意に背後から声が聞こえた。

とっさに僕はルーラちゃんを抱きかかえて、声のした方から離れる。

「ふふ、驚かせてごめんなさいね」

声の主を見据えるとそこには、二色の髪を地面まで伸ばした女性が立っていた。

レースのような白い生地のドレスを着ていて、とても綺麗だ。僕はつい見惚れてしまった。

「あらあら、綺麗だなんて。流石、女ったらしのコヒナタさんですね」

「……え？」

何も言っていないのに。心を読まれているようだ。

よし、考えるのをやめよう。

「いけずね。もっと言ってほしいのに」

「あなたは誰ですか……？」

僕は反論せずに、ルーラちゃんを地面に降ろしながら、疑問をぶつけてみた。

とにかく裸のままのルーラちゃんに悪いしね。ひどくそわそわした様子で、僕の袖を握り締めている。

早く帰って服を着せてあげたいところだけど、この女の人が何なのか、そしてルーラちゃんが「神界」と言ったことも気になる。

白いドレスの女性は、少し笑ってからこう言った。

「私はこの世界を作った神。そして、あなたをここに来させたのも私の意思よ。コヒナタさん」

「神……？」

僕は驚きを隠せない。

ルーラちゃんのいる教会が信仰している神様。そして、僕が異世界召喚に遭った理由も知っているであろう神様。それがこの人なのか？

どうやら、話は長くなりそうだった。

無限のスキルゲッター！
mugen no skill getter
∞毎月レアスキルと大量経験値を貰っている僕は、異次元の強さで無双する∞
maruzushi
まるずし
人々のお悩み事を
無限のスキルでサクッと解決！
超絶インフレEXPファンタジー、堂々開幕！
一生に一度スキルを授かれる儀式で、自分の命を他人に渡せる「生命譲渡（サクリファイス）」という微妙なスキルを授かってしまった青年ユーリ。そんな彼は直後に女性が命を落とす場面に遭遇し、放っておけずに「生命譲渡（サクリファイス）」を発動した。あっけなく生涯を終えたかに思われたが……なんとその女性の正体は神様の娘。神様は娘を救ったお礼にユーリを生き返らせ、おまけに毎月倍々で経験値を与えることにした。思わぬ幸運から第二の人生を歩み始めたユーリは、際限なく得られるようになった経験値であらゆるスキルを獲得しまくり、のんびりと最強になっていく――！
女神様を助けたお礼に、経験値を毎月倍々に貰えちゃう!?
心優しい青年は、人々のお悩み事を
無限のスキルでサクッと解決！
超絶インフレEXPファンタジー、堂々開幕！
◉定価：本体1200円＋税　◉ISBN 978-4-434-28127-3
◉Illustration：中西達哉

何の能力も貰えずスタートとか俺の異世界生活ハードすぎ!

…って思ってたけど、

前代未聞の難易度激甘ファンタジー!

神様からのお詫びチートで超楽勝(イージーモード)になりました。

クラスまるごと異世界に勇者召喚された高校生、結城晴人は、勇者に与えられる特典であるギフトや勇者の称号を持っていなかった。そのことが判明すると、晴人たちを召喚した王女は「無能がいては足手纏いになる」と、彼を追い出してしまう。街を出るなり王女が差し向けた騎士によって暗殺されかけた晴人は、気が付くとなぜか神様の前に。ギフトを与え忘れたお詫びとして、望むスキルを作れるスキルをはじめとしたチート能力を授けられたのだった——

◉各定価：本体1200円+税　◉Illustration：クロサワテツ

1~4巻好評発売中!

鈴木カタル
Suzuki Kataru

家族にも領民にも好かれ…
聖獣さえも懐く
奇跡の少年!

ネットで大人気! まったり救世ファンタジー!

日本で善行を重ねた老人は、その生を終え、異世界のとある国王の孫・リーンとして転生した。家族に愛情を注がれて育った彼は、ある日、自分に『神に愛された子』という称号が付与されている事に気付く。称号がもたらす大きすぎる力のせいで、リーンの日常は騒がしくなる一方。そしてある夜、伝説の聖獣に呼び出されて人生が一変する!

1~5巻好評発売中!

◉各定価:本体1200円+税　◉Illustration:沖史慈 宴(1巻)たく(2巻~)

漫画:氷野広真　B6判
定価:本体680円+税

変わり者と呼ばれた貴族は、辺境で自由に生きていきます
1~3
enbunbusoku
塩分不足
領民ゼロの大荒野を……
神話の魔法でのけ者達の楽園に!
ユートピア
超サクサク辺境開拓ファンタジー!
名門貴族の三男・ウィルは、魔法が使えない落ちこぼれ。幼い頃に父に見限られ、亜人の少女たちと別荘で暮らしている。世間では亜人は差別の対象だが、獣人に救われた過去を持つ彼は、自分と対等な存在として接していた。それも周囲からは快く思われておらず、『変わり者』と呼ばれている。そんなウィルも十八歳になり、家の慣わしで領地を貰うのだが……そこは領民が一人もいない劣悪な荒野だった！　しかし、親にも隠していた『変換魔法』というチート能力で大地を再生。仲間と共に、辺境に理想の街を築き始める!
◉各定価：本体1200円+税　◉Illustration：riritto
全3巻好評発売中!

Saijyaku no necromancer wo tsuihoushita yusyatachi ha nandomo soseishite moratteitakoto wo mada shiranai
最弱のネクロマンサーを追放した勇者たちは、何度も蘇生してもらっていたことをまだ知らない
玖遠紅音
KUON AKANE
勇者は役立たずなので俺が世界を救います!?
Webで大人気!
……あいつら覚えてないけどね!
勇者パーティから追放されたネクロマンサーのレイル。戦闘能力が低く、肝心の蘇生魔法も、誰も死なないため使う機会がなかったのだ。ところが実際は、勇者たちは戦闘中に何度も死亡しており、直前の記憶を失う代償付きで、レイルに蘇生してもらっていた。死者を操り敵を圧倒する戦闘スタイルこそが、レイルの真骨頂だったのである。懐かしい故郷の村に戻ったレイルだったが、突如、人類の敵である魔族の少女が出現。さらに最強のモンスター・ドラゴンの襲撃を受けたことで、新たな冒険に旅立つことになる——!
最弱のネクロマンサーを追放した勇者たちは、何度も蘇生してもらっていたことをまだ知らない
玖遠紅音
勇者は役立たずなので俺が世界を救います!?
死者を強化して操るレア能力が大活躍——!
……あいつら覚えてないけどね!
Webで話題! ナマイキ勇者パーティを見返す旅に出よう!
アルファポリス

この作品に対する皆様のご意見・ご感想をお待ちしております。

おハガキ・お手紙は以下の宛先にお送りください。

【宛先】

〒150-6008 東京都渋谷区恵比寿4-20-3 恵比寿ｶﾞｰﾃﾞﾝﾌﾟﾚｲｽﾀﾜｰ 8F
（株）アルファポリス　書籍感想係

ご感想はこちらから

メールフォームでのご意見・ご感想は右のＱＲコードから、
あるいは以下のワードで検索をかけてください。

アルファポリス　書籍の感想

本書はWebサイト「アルファポリス」（https://www.alphapolis.co.jp/）に投稿されたものを、改題・加筆・改稿のうえ、書籍化したものです。

間違い召喚！2　追い出されたけど上位互換スキルでらくらく生活

カムイイムカ

2020年11月30日初版発行

編集－本永大輝・篠木歩
編集長－太田鉄平
発行者－梶本雄介
発行所－株式会社アルファポリス
〒150-6008 東京都渋谷区恵比寿4-20-3 恵比寿ｶﾞｰﾃﾞﾝﾌﾟﾚｲｽﾀﾜｰ8F
TEL 03-6277-1601（営業）　03-6277-1602（編集）
URL https://www.alphapolis.co.jp/
発売元－株式会社星雲社（共同出版社・流通責任出版社）
〒112-0005東京都文京区水道1-3-30
TEL 03-3868-3275
装丁・本文イラスト－にじまあるく（https://nijimaarc.tumblr.com）
装丁デザイン－AFTERGLOW
印刷－図書印刷株式会社

価格はカバーに表示されてあります。

落丁乱丁の場合はアルファポリスまでご連絡ください。

送料は小社負担でお取り替えします。


ISBN978-4-434-28132-7 C0093